KB216228

[탈무드의 지혜]

유대인들의 구약 성경에는 두 가지가 있다.
글로 쓴 성경인 '모세오경(토라)' 과 구전되어 내려온 '장로의 유전' 이다.
'장로의 유전' 을 보존하기 위해 글로 정리한 내용에
현자들이 주석을 달아 완성한 것이 탈무드다.

IQ EQ 박사 현용수 편저 탈무드 시리즈 1

탈무드의 지혜

세계를 움직이는 지혜의 보고

마빈 토카이어 지음 · 현용수 편역

동아일보사

IQ · EQ 박사 현용수의 유대인 자녀교육 총서
탈무드 시리즈 1

탈무드의 지혜

1판 1쇄 발행 2007년 4월 13일
1판 12쇄 발행 2014년 7월 16일

지은이 | 마빈 토카이어
편역자 | 현용수

발행인 | 김재호
출판편집인·출판국장 | 박태서
출판팀장 | 이기숙

아트디렉터 | 김영화
마케팅 | 이정훈·정택구·박수진
인쇄 | 미르P&P

펴낸곳 | 동아일보사
등록 | 1968.11.9(1-75)
주소 | 서울시 서대문구 충정로 29(120-715)
마케팅 | 02-361-1030~3 팩스 02-361-1041
편집 | 02-361-1254 팩스 02-361-0979
홈페이지 | http://books.donga.com

ISBN 978-89-7090-523-5 03800

값 10,000원

유대인에게는 쓰인 성경(토라)과 입에서 입으로 전수되던 탈무드(장로의 유전)가 있다. 그들은 2가지 모두 모세가 시내산에서 받은 것이라고 믿는다. (제1장 '탈무드의 마음' 참조)

1

2

T a l m u d

3

유대인은 밤낮으로 토라와 탈무드를 연구한다. 사진은 '미드라쉬의 집(토라와 탈무드를 공부하는 교실)'에서 '탈무드식 논쟁법'으로 논쟁하는 두 청년 뒤에 방대한 탈무드 책들이 빼곡히 꽂혀 있는 책장의 모습.

4

5

T a l m u d

위 나치 강제수용소의 유대인의 유령들(1845년에 찍음). 제2차 세계대전 동안 유대인은 1천 600만 명의 동포 가운데 600만 명을 잃었다. 그러나 그들은 불사조처럼 되살아났다. 토라와 탈무드를 가르친 교육의 힘이다.

아래 미국에 거주하는 유대인 자녀들이 여름방학 때 이스라엘을 방문하여 통곡의 벽에서 민족의 평화와 번영을 위하여 함께 기도하는 모습. 자녀에게 나라와 민족을 사랑하도록 가르치는 애국심 교육은 기독교 교육의 필수다. 성숙한 신앙인은 나라와 민족을 사랑한다.

6

밤에 미드라쉬의 집에서 성경과 탈무드를 가르치는 유대인 아버지. 그는 이 공부시간을 통해 신본주의 사상을 자녀에게 전수한다. 유대인의 사상 전수와 IQ 교육은 아버지 몫이다.

유대인의 IQ계발 방법 중 하나가 '탈무드식 논쟁법'이다. 사진은 미드라쉬의 집에서 어린이들이 '탈무드식 논쟁'을 벌이며 탈무드를 공부하고 있는 모습.

7

8

유대인이 13세에 치르는 성년식을 히브리어로 '바 미찌바'라고 하는데 '율법 맡은자'란 뜻이다. 성년식을 치르면 성인으로서의 특권과 의무가 따른다. [자세한 내용은 《잃어버린 지상명령 쉐마》(쉐마, 2006), 제2권 제4부 제2장 '쉐마와 유대인의 성년식' 참조]

T a l m u d

9

왼쪽 유대인은 하루에 세 번 정규 기도를 한다. 사진은 새벽기도 시간에 이마와 팔에 하나님의 말씀인 경문을 매고 기도복을 입고 기도하는 모습.

오른쪽 유대인은 안식일을 비롯한 다른 절기에도 푸짐한 음식을 들며 즐겁게 성경 말씀을 배운다. (사진은 유대인의 안식일에 음식을 차려 놓고 먹으며 성경을 토론하는 모습. 옆은 쉐마지도자클리닉의 참관단)

10

전 세계 유대인은 금요일 해가 져 안식일이 시작되면 촛불을 켠다. 그리고 자녀들에게 자선 헌금을 드리도록 교육시킨다. 사진은 어머니가 자녀에게 쩨다카(선행) 상자에 구제헌금(동전)을 넣게 하는 모습.

11

유대인은 조상들의 고난을 자녀들에게 철저하게 교육시킨다. 사진은 미국 L.A. 유대인의 대학살 박물관 뒤뜰에 있는 '추모의 플라자' 앞에서, 세계적인 유대인 인권단체 SIMON WIESENTHAL CENTER 수장인 랍비 마빈 하이어와 편역자.

차례

제2장

탈무드의 귀

Talmud

제3장

Talmud 탈무드의 눈

제4장

Talmud 탈무드의 머리

제5 장

T a l m u d

탈무드의 손

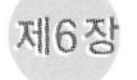

제6 장

T a l m u d

탈무드의 발

한국 독자들에게 드리는 말씀

내가 미국 공군으로 한국에서 근무할 때 가졌던 몇 년 간의 좋은 추억들을 기억합니다. 이제 존경하는 현용수 박사가 유대주의에 대한 나의 저서들을 한국말로 번역한다는 소식을 듣고 매우 기쁘게 생각합니다.

한국인과 유대인은 공통점이 매우 많은 민족입니다. 그리고 매우 비슷한 가치들을 나눌 수 있습니다. 그리고 서로 많은 것들을 배울 수 있습니다.

나는 유대주의의 이상들이 갖고 있는 정신과 유대인 역사의 교훈 그리고 유대인의 생존법이 한국인들에게 가치 있는 메시지가 되리라 믿습니다. 한국인들이 유대주의에 대해 어떻게 반응하는지 서로 메시지를 나누어 듣기를 기대합니다.

마빈 토카이어

Rabbi Marvin Tokayer
17 Gay Drive
Great Neck, NY 11024

A Personal Message from the Author

I remember so favorably my years in Korea when I was with the U.S. Air Force. I am now so honored that the Rev. Dr. Yong-Soo-Hyun will be translating my books on Judaica into the Korean language. The Korean people and the Jewish people have so much in common, and share so many similar values, and have much to be learned from each other. I trust that the spirit of Jewish ideas, and the message of Jewish history and survival, will be of value to Koreans. I look forward to receiving messages from Korea sharing reactions from the voice of the Jewish experience.

Best wishes,

Rabbi Marvin Tokayer

유대인 파워의 근원 탈무드

한국처럼 교육에 관심이 많으면서 교육에 문제가 많은 민족도 없을 것이다. 그 이유는 교육의 참 원리를 발견하지 못하고 우왕좌왕하기 때문이다. 일관된 교육의 원리를 알아야 참 자녀교육이 보이는 법이다. 그렇다면 역사적으로 그 원리를 가장 잘 개발하고 실천하여 성공한 민족은 어느 민족인가? 그 민족은 얼마나 우수한가?

영국의 역사철학자 아널드 토인비는 우수한 민족의 정의를 이렇게 내렸다. "우수한 인물을 많이 배출한 민족이 우수한 민족이다." 어느 민족이 우수한 인물을 많이 배출

했는가? 정답은 유대민족이다. 그들은 지상에서 인구수는 가장 적은 민족 중 하나지만 우수한 인물들을 가장 많이 배출했다. 역대 노벨상 수상자의 30% 이상이 유대인이다. 생리·의학상 48명, 물리학상 44명, 화학상 27명, 경제학상 20명, 문학상 12명이다. 평화상을 제외하고도 150명이 넘는다. 그것도 잠재적으로 유대인으로 추정되는 사람을 제외한 숫자다(조선일보, 2006년 10월 19일).

심리학자 프로이트와 화가 샤갈, 상대성 이론가 아인슈타인, 세계적인 지휘자 레너드 번스타인, 국제 외교가 키신저, 영화감독 스필버그 등이 유대인이다. 이스라엘은 어떻게 600만 명의 인구로 13억 명의 이슬람권을 이길 수 있는가?(*Washington Post*, Malaysia Prime Minister Warns Jews' Influence, 2003년 10월 16일)

더구나 우리가 알아야 할 것은 유대인의 화려한 통계 뒤에 숨겨진 그들의 역사가 처절한 고난 그 자체였다는 사실이다. 유대인은 자신들이 살던 땅 가나안을 잃고 수천 년 동안 나라 없이 전 세계를 유랑하면서 이방인들로부터 오물 취급을 받아온 민족이다. 온갖 박해와 고난의 역사를 이겨내고, 오늘의 우수한 민족으로 살아남은 데는 그들이 목숨처럼 귀하게 여겨왔던 토라와 탈무드라는 정신적 보고가 있었다. 유대인의 교육법이 타 민족의 그것과 비교하여 돋보이고 감동적인 이유가 여기에 있다.

그들은 고난에 침몰되기는커녕 오히려 그 고난을 성공의 밑거름으로 삼아 세계 속에 우뚝 섰기 때문이다. 반면 그들을 괴롭혔던 대부분의 나라들이 역사의 뒤안길로 스러졌다는 데서 역사의 아이러니를 느낄 수 있다. 이집트, 바빌로니아, 로마, 스페인 같은 나라들이 그런 나라들이다. 유대인의 파워는 어디에서 나오는가? 그들의 특별한 교육철학에서 비롯된다.

같은 구약성경을 가르쳐도 유대인은 무엇이 다른가?

편역자는 미국에서 30년 이상을 살았다. 그리고 유대인의 생존과 성공의 비밀이 무엇인지를 밝혀내기 위하여 18년 동안 유대인 자녀교육법 연구에 매진해왔다. 그 결과 1996년 2권으로 된 《IQ는 아버지 EQ는 어머니 몫이다》(국

민일보)를 출간하여 1년 만에 17쇄를 찍는 폭발적인 호응을 얻었다. 3년 뒤 전 3권으로 증보한 개정판(조선일보)을 펴냈는데 이 책은 지금까지도 스테디셀러로 사랑받고 있다(약 총 45쇄). 하나님의 은혜다. 편역자에게 'IQ-EQ 박사 현용수' 라는 호칭이 붙은 이유도 이 때문이다.

그 후 연구를 거듭하며 현재까지 14권의 'IQ는 아버지 EQ는 어머니 몫이다' 교육 총서를 발간했다. 총서는 교육학의 두 분야인 '유대인의 인성교육' 과 '유대인의 쉐마교육' 시리즈로 정리했다.

편역자의 저서 《잃어버린 지상명령 쉐마》(전 2권)(도서출판 쉐마, 2006)는 유대인의 교육철학을 설명하는 교육신학서다. 그리고 이 교육철학을 어떻게 실천하는가를 구체적으로 설명하기 위하여 '유대인의 교육의 장소인 가정', '유대인 자녀의 개념', '교사로서의 아버지 교육', '아버지의 교육을 돕는 어머니 교육', '효도교육', '고난의 역사교육', '교육의 내용과 형식', '인성교육' (전 3권) 등을 집필했다. 이 내용들은 대부분 세계 최초로 개발된 독창적인 연구 결과다. 따라서 IQ-EQ 총서들은 현대교육의 문제점

들을 해결할 수 있는 교육학적, 인류 문화적, 철학적 및 신학적인 새로운 교육 패러다임이라 할 수 있다.

그러면 유대인의 교육 내용은 무엇인가? 토라(모세오경)를 중심으로 한 구약성경이 중심이다. 흔히들 유대인은 구약성경을 열심히 가르쳐서 우수한 민족이 되었다고 말한다. 맞는 말이기는 하지만 이런 반론도 나올 수 있다. 성경만 많이 가르친다고 우수한 인물을 많이 배출할 수 있는가? 그렇다면 거의 동일한 내용의 구약성경을 가르치는 모슬렘(아랍인), 천주교, 기독교인들은 왜 유대인에 미치지 못하는가? 이것은 무엇을 뜻하는가? 성경을 많이 가르치면 깊이 있는 영적 지도자들을 많이 배출할 수는 있어도 우수한 인물들을 배출하는 데는 한계가 있음을 뜻한다.

그렇다면 유대인은 같은 구약성경을 가르치는 타 종교인들과 무엇이 다른가? 교육 내용과 방법이 다르다. 일단 유대인에게는 자신들의 자세한 생활규범의 기본이 되고 지혜의 보고로 여기는 방대한 탈무드가 하나 더 있다. 그리고 성경을 가르치는 데도 특수한 영재교육 방법이 있다.

이것은 유대인만이 가지고 있는 중요하고 독특한 교육학적 자산이다.

편역자는 유대인 영재교육의 비밀을 밝혀내는 데 성공했다.* 하지만 모세오경을 설명한 방대한 탈무드의 내용을 어떻게 소개해야 할지 속수무책이었다. 탈무드의 내용이 워낙 방대하고 난해하기 때문에 섣불리 손을 댈 수가 없었기 때문이다. 그래서 미흡하나마 유대인 랍비가 쓴 탈무드 책을 번역 소개하기로 마음먹고 찾은 결과, 이방인들이 가장 이해하기 쉽게 쓴 책이 랍비 마빈 토카이어의 탈무드 시리즈임을 확인했다. 물론 앞서 편역자는 랍비 솔로몬이 지은 《옷을 팔아 책을 사라》(도서출판 쉐마, 2005)를 번역 출판한 적이 있다.**

수십 년 동안 탈무드를 연구해온 두 저자는 탈무드에 담긴 교훈을 더할 나위 없이 간결하게 요약하면서 의미는

* 자세한 것은 편역자의 《유대인 아버지의 4차원 영재교육》(동아일보, 2006) 참조.

** '랍비(Rabbi)'는 히브리어로 '나의 스승'이라는 뜻이다. 영어로는 '레바이'라고 발음한다. 유대인 사회에서 랍비는 대략 개신교의 목사와 비교되는 직분이다. 자세한 것은 《유대인 아버지의 4차원 영재교육》(동아일보, 2005), 제2부 제2장 II. 2. A. '유대인의 신앙생활: 성전 중심에서 말씀 중심으로의 변천 과정' 참조.

이해하기 쉽게 전달한다는 공통점이 있다. 주제마다 내용은 짧지만 인생을 깊이 생각하게 만드는 힘이 있다. 그래서 일반적으로 수천 년간 이어져온 탈무드의 지혜를 얻고, 구약성경에 대한 이해를 넓히고자 하는 사람들에게뿐만 아니라 자녀들의 인성교육용으로 그리고 논술을 준비하는 수험생들에게도 더 없이 좋은 책이라고 확신한다.

또, 두 저자가 처음부터 이방인들, 특히 동양계 독자를 염두에 두고 책을 썼다는 점도 큰 도움이 된다. 토카이어 씨는 일본에서 오랫동안 랍비로 활동을 했고, 솔로몬 씨 역시 일본 주둔 미국 공군에서 군종 랍비로 봉사한 적이 있다. 지금은 두 분 모두 미국에 거주하며, 랍비 솔로몬은 정신과 의사로 일하고 랍비 토카이어는 유대인 회당에서 목회활동을 하고 있다.

두 사람의 차이라면 랍비 솔로몬은 단권으로 저술활동을 마쳤지만, 랍비 토카이어는 약 20여 권의 방대한 분량의 책을 썼다는 점이다(모두 일본어로만 출판). 지난 수십 년 동안 한국의 여러 출판사가 펴낸 탈무드는 대부분 토카이어나 솔로몬의 일본어판 책을 마음대로 가져다 번역하고 짜깁기한 책이다. 실제로 한국에서 나온 몇 권의 탈무드를 무작위로 골라서 펴놓고 내용을 비교해보라. 표현의 차이만 있을 뿐 사실상 내용은 같다. 그런데 어떤 책은 저자를 밝혔고, 어떤 책은 저자 없이 역자의 이름만 적었으며, 아예 아무런 표시를 하지 않은 책도 있다. 어떤 경우든 두 저자의 허락 없이 펴낸 것은 분명하다. 왜냐하면 두 랍비에게 확인한 결과, 그동안 한국인 어느 누구에게도 발간을 허락해준 적이 없다고 말했기 때문이다.

감사한 것은 두 저자 모두 편역자(현용수)가 관계를 맺고 있는 미국 정통파 유대인 커뮤니티에 속해 있는 랍비라는 점이다. 따라서 유대인의 신앙과 문화에 관하여 편역자와 코드가 맞는다. 더욱 감사한 것은 두 분 모두 20년 가까이 편역자가 해온 유대주의 연구와 활동을 높이 평가하고, 자신들의 저자 판권을 독점계약으로 일임해주었다는 점이다. 따라서 독자들은 앞으로 양심에 거리낄 것이 없는, 법적으로 정상적인 유통을 거친 탈무드를 접할 수 있게 되었다.

본서가 기존의 탈무드와 다른 특징들

또, 본서를 편집하는 데 기존의 방식과 다른 몇 가지 특징이 있다. 유대인 책들은 중동지역의 문화와 성경을 배경으로 쓰였기 때문에 독자들이 이해하기 어려운 단어나 내용들이 너무나 많다. 그래서 편역자는 원서의 내용을 그대로 번역하는 데 그치지 않고 필요에 따라서는 저자의 허락을 받아 설명을 추가했다. 그리고 독자들의 이해를 돕기 위한 사진자료들을 넣었다.

뿐만 아니라 전문적인 유대주의 연구자들을 위하여 편역자가 저술한 책의 어느 부분을 참조하도록 주를 달았다. 본서는 번역의 표기에도 만전을 기했다. 특히 이름, 지명 등을 일본어로 옮기는 과정에서 생긴 잘못된 일본식 발음 표기를 원래의 표준 발음으로 교정했다(예: 라비 → 랍비, 힐렐루 → 힐렐 등).

그러나 이 책을 읽었다고 해서 유대인의 탈무드를 다 알았다고 말할 수는 없다. 이 책에 소개되는 내용은 전체 탈무드의 내용의 극히 일부분이기 때문이다. 탈무드의 원본에는 '할라카'와 '아가다'가 있다. '할라카'는 모세오경에 나타난 토라의 율법을 설명한 내용으로 전체의 3분의 2를 차지하고 있다(원래는 이를 탈무드라고 말한다). '아가다'는 수천 년 동안 내려오는 조상들의 지혜를 담은 책으로 전체의 3분의 1 정도를 차지한다.

본 시리즈에 소개되는 탈무드의 내용은 물론 할라카에 있는 내용들도 있지만, 랍비 마빈 토카이어가 이방인에게 자신들의 사상과 지혜를 소개하기 위하여 주로 '아가다'에 있는 지혜들을 추려내어 단편적으로 엮은 귀한 내용들이다.

따라서 본 시리즈들을 읽는다고 탈무드에 능통한 것처럼 생각하면 안 된다. 더 깊고 어려운 내용들은 '할라카'에 훨씬 더 많다. 편역자 자신도 그들을 연구하면 할수록 겸손해질 수밖에 없는 이유가 여기에 있다. 그들은 9세부터 평생 동안 매일 탈무드를 연구한다.*

본서를 읽는 동안 왜 유대인이 교육에 민족의 사활을

---

* 이에 대한 학문적 연구를 위해서는 편역자의 저서 《유대인 아버지의 4차원 영재교육》(동아일보, 2005), 제1권 제2부 제2장 '유대인은 자녀에게 무엇을 가르치나: 토라와 탈무드' 참조.

거는지를 알게 될 것이다. 그들은 "연구의 중단은 성장의 멈춤이며, 죽음이다."라고 가르친다. 그들은 세상 지식 대신 토라와 탈무드를 먼저 가르친다. 평생 '공부와 책' 속에 묻혀 사는 정통파 유대인 가정에 TV가 없다는 사실을 알고 나면 놀라지 않는 사람이 없다.

아울러 이 책을 읽을 때 각주에서 소개한 편역자의 저서들을 함께 읽으면 산만하게 느껴지는 단편적인 지식들로부터 구체적으로 어떻게 살아야 하는지에 대한 맥을 잡을 수 있다. 이 책을 읽는 독자들이 유대인처럼 수평문화를 차단하고 지혜가 넘쳐나 올바른 가치관을 갖고 세상에서 머리가 되기를 기원한다.

마지막으로 독자들의 오해를 막기 위하여 할 말이 있다. 본 탈무드 시리즈를 읽다보면 마치 탈무드가 '쓰인 성경' 인 토라(구약성경)보다 더 가치 있는 것처럼 느낄 수도 있다. 그러나 이것은 잘못된 생각이다.

유대인들은 구약성경을 절대 가치로 여긴다. 현재도 두루마리 성경을 그대로 사용하는 이유가 여기에 있다. 613개의 율법도 구약성경에 있다. 그들은 매일 읽어야 할 분량

을 정해놓고 성경을 읽으며, 안식일에 아버지가 자녀들에게 가르치는 것도 탈무드가 아니고 성경이다. 탈무드는 어디까지나 구약성경을 더 구체적으로 설명해주고 어떻게 말씀대로 살아야 하는가를 알려주는 삶의 지침서일 뿐이다.

2007년 부활절에

미국 웨스트 로스앤젤레스 쉐마교육연구실에서

현용수

LA타임스 현용수 교수
특집 보도

Los Angeles Times

SATURDAY, JULY 13, 2002 Religion

'We have to learn the secrets of the Jews.'

The Rev. Yong-Soo Hyun

LORI SHEPLER / Los Angeles Times

The Rev. Yong-Soo Hyun, left, who has immersed himself in the study of Orthodox Judaism, meets with Rabbi Yitzchok Adlerstein at a Shabbat meal.

Taking a Cue From Jews' Survival

Culture: Minister studies Orthodox Judaism to teach Korean Americans how to educate children, help churches thrive.

By TERESA WATANABE
TIMES STAFF WRITER

The Rev. Yong-Soo Hyun says God called him to abandon a well-paying engineering career 20 years ago in favor of Christian ministry.

So what is he doing shepherding a group of Korean visitors around Southern California to attend a Shabbat dinner, an Orthodox Jewish temple and a lecture by a Jewish rabbi on how to keep children holy?

Hyun, 53, may be the biggest booster of traditional Jewish education in all of Korean America.

It is, he tells you, the antidote to the loss of cultural identity and religious grounding he sees in successive generations of Koreans here.

So the minister now writes books, conducts tours and has even opened the Shema Education Institute to teach Koreans the Jewish "secrets of survival."

"For Korean churches to survive in America, we have to successfully pass down the word of God from generation to generation, just as Jews have done since the time of Moses," said Hyun, a short, dynamic man with an easy grin. "We have to learn the secrets of the Jews."

Hyun, who immigrated to the United States in 1975 at age 28, says he sees several parallels between Korea and Israel.

Both, he says, are small nations surrounded by large and sometimes menacing neighbors.

Both, he says, prospered when their people honored God and became imperiled when they did not. The Israeli captivity in Babylonia, he says, mirrors the Korean colonization by Japan.

His fascination with traditional Judaism was sparked 12 years ago, when he was a doctoral student at Biola University. He was studying the philosophy of Christian education and wrote a term paper comparing secular education with traditional Jewish education.

What struck him, he says, was the way Jewish education seemed to produce children who were intellectually excellent, honed through hours of Torah training and Socratic-style questioning, as well as religiously pious and morally grounded.

Traditional Jews also seemed to keep family ties strong, with fewer generation gaps than he says he found in his own community, and low divorce rates.

Persistence Pays Off

Trying to learn more about Jewish religious education, however, wasn't easy. He called the Orthodox Yeshiva University in Los Angeles but says he was told it was not open to non-Jews. He called again and was told the same thing. The third time, he said he began to argue with the rabbi on the other end:

"Why do you want to hide? God gave the Torah not just for you but also to shine for all nations. If you teach me the secrets of survival, how to keep your children holy, I will teach this to the Koreans. This will be good for you and good for God!" Hyun said he told the rabbi.

There was a pause. Then the rabbi gave him the name and number of Rabbi Yitzchok Adlerstein, a professor of Jewish law at Loyola University and prominent member of the Orthodox community known for reaching out to non-Jews.

Hyun called Adlerstein, who immediately invited him to his home for Shabbat dinner. Even better, Hyun said, Adlerstein agreed to guide his research into Jewish education.

"He allowed me to attend his Talmudic teachings," Hyun said. "He invited me to all of the ritual meals—the Passover Seder, Sukkot, Rosh Hashana. I asked so many questions and he answered them all."

The Shabbat meal, in particular, left a lasting impression, Hyun says. He was moved by the way the family sang a ritual song of praise to Adlerstein's wife—a contrast, he says, with an old Korean saying that the "three dumb things" a man must not do are praise his wife, his children or himself. He was touched by the way Adlerstein blessed each of his children.

And he was impressed at the way Adlerstein taught his children the Torah, quizzing them on passages, never spoon-feeding answers but asking more questions to stimulate their critical thinking skills and creative intellects.

For his part, Adlerstein said he initially thought the idea of a Korean Christian minister wanting to learn about Orthodox Judaism seemed "a little odd."

Although traditional Jews don't believe Judaism was meant for the world—they do not proselytize and often discourage would-be converts—Adlerstein was willing to guide Hyun.

"Our attitude generally as a community is that when you're enthusiastic about God and his teachings, you have a gift that you want to share with any well-intentioned person," he said.

Armed with his experiences, Hyun was ready to try the techniques on his four sons at home. He announced that, like Adlerstein, he would no longer allow them to watch TV. Instead, three evenings a week he would teach them the Bible.

The reaction? "They rejected it all," Hyun said, laughing.

After too many nights of arguments, Hyun got them interested in Bible studies by asking them to take turns preaching. But more than the intellectual training, Hyun said, it was his mimicry of Jewish expressions of family love that seemed to bring the most dramatic results.

Praise for His Wife

For the first time, Hyun says, he began praising his wife as he had seen his Jewish mentor do. He took her to Malibu at night, and strolled around the waterfront. He began washing the dishes and taking his wife on his travels. Before, he said, their marriage was characterized by "no romance—just orders" to her from him.

For the first time, he gathered his sons around to bless them. He asked God to bless them with wisdom, prosperity, leadership and the light of the gospel. "I cried, and they cried," he said.

From then on, he says, his family life dramatically improved. "Judaism showed me patience and how to lead children by wisdom and not authoritarianism. Now our family friendship has recovered."

Eager to share his experiences with other Koreans, Hyun has written a book on Jewish religious education that has sold more than 120,000 copies.

Hyun writes that Jewish fathers develop a child's IQ through Talmudic teachings, while mothers nurture their "EQ," or emotional quotient, with their maternal love—a thesis Adlerstein himself rejects in favor of viewing both parents as responsible for nurturing both aspects.

Experiencing Judaism

Hyun also figures he's reached 300,000 other Koreans in lectures on Jewish education at various seminars and conferences around the world.

And he says he has brought at least 150 people to Los Angeles to experience traditional Judaism firsthand in visits to synagogues and Friday night Shabbat dinners.

During one recent tour, Hyun led a group into the Beth Jacob congregation on Olympic Boulevard, wearing a traditional Korean jacket and a Jewish yarmulke.

After Sabbath prayers, Rabbi Shimon Kraft fielded a stream of lively questions: Why do you wear a head covering? Why do you wear a beard? Why kiss the door? Why do men shake when they pray? Why do you have two pulpits? Do you evangelize?"

Finally, someone asked: "We've learned about Jews, but what do you think about Koreans?"

Kraft gave the crowd a broad smile.

"They are bright, hard-working, studious—just like Jewish people," he said. "We seem to share a lot of the same values."

제1장

탈무드(Talmud)는 우리말로
'위대한 연구' 라는 뜻이다.
유대민족을 5천 년간 지탱해온 생활 규범이다.
이 장에서는 이 방대한 성전(聖典)에 대해
될 수 있는 대로 충실한 해설을 시도했다.
탈무드라는 보고(寶庫)의 문을 여는 것은
여러분의 마음이다.
그리고 탈무드의 마음을 붙잡는 것도
여러분의 명석한 두뇌와 부단한 노력에 달려 있다.

탈무드란 무엇인가?

유대 민족 5천 년의 정신적 지주이자 생활 규범

한 젊은이가 유대인에 대하여 연구하고자 마음먹었다. 그리하여 그는 먼저 구약성경을 공부하고, 이어 유대인에 관한 많은 서적들을 탐독했다. 그러나 그는 유대인이 아니었으므로, 유대인을 잘 이해할 수가 없었다. 그런 과정에서 그는 유대인을 이해하려면 유대인의 생활 규범인 탈무드를 공부해야만 된다는 사실을 알게 되었다.

그래서 그 젊은이는 어느 날 유대교의 선생인 랍비를 찾아갔다. 랍비란 유대인에게는 스승이고, 재판관이기도 하며, 때로는 어버이가 되기도 하는 매우 존경받는 존재다. 랍비는 자신을 찾아온 젊은이에게 한마디로 단정 지어 말했다.

"당신은 탈무드를 공부해보겠다는 결심을 세운 모양이지만 아직 탈무드를 앞에 펼쳐 놓을 자격조차 없는 듯하오."

하지만 젊은이는 쉽게 포기하려 들지 않았다.

"그렇다면 저한테 탈무드를 공부할 자격이 있는지 없는지 한번 시험해보고 결정해주십시오."

젊은이의 간곡한 부탁에 랍비는 다음과 같이 물었다.

"두 아이가 집에서 굴뚝 청소를 하게 되었소. 그런데 두 아이 중 한 아이는 얼굴에 그을음을 잔뜩 묻히고 내려왔고, 다른 아이는 얼굴이 말끔한 채 굴뚝에서 내려왔소. 이 두 아이 중 누가 얼굴을 닦을 것이라고 생각하시오?"

젊은이는 너무 쉽다는 표정을 지으며 대답했다.

"그야 물론 얼굴이 더러운 아이가 씻겠죠."

랍비는 젊은이의 대답을 예상이나 한 듯 냉정하게 말했다.

"역시 당신은 탈무드를 공부할 자격이 없소."

"랍비님, 그렇다면 맞는 답이 무엇입니까?"

"만일 당신이 탈무드를 공부하게 되면, 그 물음에 지혜롭게 대답할 수 있을 것이오."

랍비는 친절하게 말해주었다.

"두 아이가 굴뚝 청소를 마치고 지붕에서 내려왔소. 그런데 한 아이는 말끔한 얼굴이었고, 또 한 아이는 얼굴에 그을음을 묻히고 있었소. 깨끗한 아이는 얼굴이 검은 아이를 보고는 '내 얼굴도 검을 것'이라 생각할 것이고, 얼굴이 검게 된 아이는 얼굴이 깨끗한 아이를 보고 내 얼굴도 깨끗할 것이라고 생각할 것이오."

이때 젊은이가 자신만만하게 말했다.

"이제 알았습니다. 다시 한 번 시험해보십시오."

랍비는 웃음을 띠며 앞서와 같은 내용을 다시 물었다.

"두 아이가 굴뚝을 청소했는데, 한 아이는 얼굴이 깨끗하고, 한 아이는 얼굴이 더러워졌소. 과연 어느 아이가 얼

굴을 닦는다고 생각하시오?"

젊은이는 자신 있게 대답했다.

"얼굴이 깨끗한 아이가 닦습니다."

그러나 랍비는 이번에도 낭패한 표정을 지으며 차갑게 말했다.

"역시 당신은 탈무드를 공부할 만한 자격이 없는 것 같소이다."

젊은이는 너무도 낙심하여 지친 표정이 되었다.

"랍비님, 도대체 탈무드에서는 어떤 대답을 가르치고 있습니까?"

랍비는 다음과 같이 말했다.

"두 아이가 똑같이 굴뚝을 청소했는데 어떻게 한 아이는 깨끗하고 한 아이는 더러워질 수가 있겠소? 두 아이 다 얼굴이 더러워졌을 테니 둘 다 씻을 것이오."

다음 이야기는 최근에 생긴 일이다. 어느 날 저명한 대학 교수가 내게 전화를 했다. 내용인 즉 탈무드를 연구해 볼 생각인데 하루 저녁이면 충분할 터이니 책을 좀 빌려

달라는 것이었다. 나는 쾌히 승낙하고는 점잖게 한 가지 덧붙여 말해주었다.

"빌려드리는 것은 어렵지 않으나, 책을 가지러 올 때는 꼭 트럭을 한 대 끌고 오시기 바랍니다."

탈무드는 권수로 모두 20권이며, 1만 2천 쪽에다 단어의 수만도 무려 250여 만 개 이상이고, 그 무게가 75킬로그램이나 나가는 엄청난 분량의 책이기 때문이었다.

5천 년에 걸쳐 축적된 지혜와 지식의 저수지

탈무드란 과연 어떤 것이며, 그것이 어떻게 만들어졌으며, 또 어떤 내용의 책인가를 이해시키기란 극히 어려운 일이다. 왜냐하면 너무 간단하게 말해버리면 탈무드의 진정한 의미에서 벗어나기 쉽고, 그렇다고 좀 상세하게 설명하게 되면 그야말로 한이 없기 때문이다.

엄격히 말해 탈무드는 책이 아니고 학문이다. 1만 2천여 쪽에 이르는 탈무드는 기원전 500년부터 시작하여 기

원후 500년에 걸쳐 1천 년 동안이나 구전(口傳)되어온 것들을 약 2천 명의 학자들이 10여 년에 걸쳐 수집 편찬한 것이다. 또, 이 탈무드는 과거 유대 조상들의 생활을 지배했듯이 현대의 우리도 지배하고 있다. 따라서 이것은 5천 년에 걸쳐 축적된 유대인의 지혜와 지식의 저수지라고 말할 수 있다.

탈무드는 유대인의 문화와 종교, 도덕, 전통 등을 망라하여 엮은 것이기 때문에 법전이 아니지만 법률이 있고, 역사책이 아니지만 역사적인 내용이 들어 있으며, 인명사전이 아니지만 많은 인물들이 망라되어 있고, 백과사전이 아니면서 백과사전 같은 구실을 한다.

인생은 무엇인가? 또, 인간의 존엄이란 무엇인가? 행복은 무엇인가? 사랑이란 무엇인가? 5천 년의 기나긴 세월을 살아온 유대인들의 온갖 지적 재산과 정신적 자양분이 모두 이 탈무드에 담겨 있다. 이렇게 볼 때 탈무드야말로 진정한 의미에서의 값진 문헌이며, 화려하게 꽃핀 문화의 모자이크다. 그래서 서구 문명을 만들어낸 문화의 양식이나 서양 문명의 사물에 대한 사고방식을 이해하려면 탈무드를 피해 갈 수 없는 것이다.

탈무드의 원류를 찾아 거슬러 올라가면 구약성경에 이른다. 이것은 옛 유대인들의 사상을 모은 것이 아니라, 구약성경을 보완하여 그 지혜를 더한 것이라 할 수 있다. 그런 탓으로 기독교인들은 예수님의 출현 이후에 만들어진 유대인들의 문화는 의식적으로 무시했으며, 심지어는 탈무드의 존재조차도 인정하지 않았다. 편역자 주 기독교는 '쓰인 성경' 인 구약성경(the written Laws)만을 하나님의 말씀으로 인정하고 있다. 따라서 구전된 모세오경의 해석(the Oral Laws, 장로의 유전)인 탈무드를 무시해온 것이 사실이다. 신약의 기독교인들이 성경의 가치관대로 산다고 하지만, 구약의 가치관에 대하여 한계를 느낄 뿐 아니라 그 가치관대로 살기 힘든 이유가 바로 여기에 있다. 특히 유대인의 삶에 대한 구체적인 내용을 모르는 이유는 그들의 탈무드를 무시했기 때문이다. 그들의 율법대로 살아야 하는 생활방식, 즉 교육학적 가치와 규범은 주로 탈무드에 쓰여 있다.*

탈무드가 글로 기록되고 책으로 엮여 정착되기 전에는

* 자세한 내용은 편역자의 저서 '쉐마교육 시리즈' 참조.

선생에서 제자에게로 구전되어 전승되었다. 때문에 내용의 대부분이 질문하고 대답하는 형식으로 되어 있다. 또, 내용의 범위도 광범위하고 히브리어나 아랍어로 기록되어 있다. 편역자 주 여기에서 말하는 선생은 주로 아버지이고 학생은 아들을 가리킨다.*

그리고 구전 탈무드를 글로 옮길 때도 문장에 필요한 부호나 구두점 같은 것을 전혀 사용하지 않았고, 머리말이나 맺는말도 없이 그야말로 자유분방한 체제에 내용만으로 이루어져 있다.

탈무드가 만들어지던 당시에는 그 분량이 워낙 방대해서 유대인들은 탈무드의 일부분이 잊혀지는 것을 막기 위하여 각처에서 전승자들을 불러들였다. 유대인들은 그때 전승자들 가운데에서 뛰어나거나 머리가 우수한 사람들은 일부러 제외시켰다고 한다. 그 이유는 탈무드를 전승하는 과정에서 자신의 의견이나 소신을 덧붙여 탈무드의 내용을 왜곡시킬 우려가 있었기 때문이다. 편역자 주 유대인은

* 편역자의 저서 《유대인 아버지의 4차원 영재교육(아버지 신학)》(동아일보, 2006)과 《잃어버린 지상명령 쉐마》(전 2권)(도서출판 쉐마, 2006) 참조.

장로의 유전인 탈무드도 모세가 시내산에서 받은 하나님의 말씀으로 여기기 때문에, 일점일획도 변개시키면 저주가 임할 것이라고 믿는다.

이런 과정을 거쳐 구전되어오던 탈무드의 내용들이 몇 백 년 동안 여러 도시에서 편찬되기 시작하여 현재에는 '바빌로니아의 탈무드'와 '팔레스타인의 탈무드', 두 가

אור לארבעה עשר פרק ראשון פסחים ח

유대인이 매일 읽는 탈무드 가운데 미쉬나가 있고, 그 주변에 게마라 그리고 그 바깥에 현자들의 주석이 있다.

지가 남아 있다. 이 가운데 '바빌로니아의 탈무드'가 더 비중 있는 책으로 그 권위가 인정되어 일반적으로 탈무드라 하면 '바빌로니아의 탈무드'를 가리키고 있다.

탈무드 안에 첨부되어 있는 색인(索引)이나 주(註)는 히브리어를 비롯하여 바빌로니아어, 프랑스어, 독일어, 스페인어, 북아프리카어, 터키어, 폴란드어, 러시아어, 이탈리아어, 영어 및 중국어로 주역(註譯)되어 있다. 여러 국가에서 탈무드를 공부하고, 읽은 뒤에 새로운 코멘트를 덧붙인 것이다. 탈무드의 새로운 판마다 마지막 페이지를 반드시 백지로 남겨 두게 되어 있다. 이것은 탈무드가 항상 덧붙여 쓸 여지가 남아 있음을 상징한다.

편역자 주 원래 모세오경을 설명하는 방대한 '할라카'는 성경과 동일하게 그 내용을 변경할 수가 없는 것이다. 그러나 그 본문의 뜻을 후대 학자들이 주석하는 것과 유대인 지혜자들의 지혜 모음인 '아가다'에 첨가하는 것은 가능하다.

탈무드는 읽는 책이 아니고 연구하는 책이다

우리가 여기서 말하고 있는 탈무드는 읽는 책이 아니고 연구하기 위한 책이다. 우리 집의 어린 딸아이는 내가 아침 일찍부터 탈무드를 공부하고 있는 것을 보고 몇 시간 지난 뒤에 다시 와봐도 겨우 15개 정도의 단어밖에는 공부하지 못한 것을 자주 본다.

하지만 이 15개의 단어를 이해하고 그 의미를 진정으로 파악하고 있다는 것만으로도 이때까지 내가 살아오는 동안 겪었던 인생 경험은 더욱 풍요로워진다. 그리고 사리와 분별력에 대한 내 사고력을 배양시켜주는 동시에, 내 기분을 만족시켜준다. 나는 자신의 사고력을 높이고 정신력을 한층 더 단련시키는 데 이보다 더 훌륭한 책은 없다고 다시 확신한다. **편역자 주** 유대인 자녀들이 두뇌가 뛰어나고 큰 그릇들이 많이 배출되는 것은 아버지가 이렇게 어려운 책을 어려서부터 줄기차게 가르치기 때문이다. 그리고 가르치는 방법 또한 영재교육이다.*

---

* 편역자의 저서 《유대인 아버지의 4차원 영재교육》(동아일보, 2006), 제3부 '노벨상 30%의 비밀, 유대인의 4차원 영재교육' 참조.

탈무드는 이처럼 유대인에게 다름 아닌 '얼(영혼)' 이다. 2천 년이란 오랜 세월을 세계 각처에 흩어져 수난 속에 살아야 했던 유대민족에게 오직 이 탈무드만이 유일하게 이들을 하나 되게 연결해주는 정신적 지주였던 것이다.

지금의 유대인들 모두가 탈무드를 공부했다고 할 수는 없지만 이들의 대부분이 정신적 자양분을 이 탈무드에서 취하고 있으며, 여기에서 생활 규범을 찾고 있음은 잘 알려진 사실이다. 따라서 탈무드는 유대인을 유대인답게 만들어왔고, 또한 유대인들이 탈무드를 지켜온 것 못지않게 탈무드가 유대민족을 지켜왔다고도 말할 수 있다.

왜 탈무드의 첫 페이지와 마지막 페이지는 백지인가?

원래 탈무드란 말은 '위대한 연구', '위대한 학문이나 고전 연구' 등의 뜻을 가지고 있다. 그런데 이 탈무드는 어느 권을 펴 보아도 틀림없이 2페이지부터 시작된다. 이것은 탈무드를 읽지 않았어도 이미 여러분은 탈무드 연구자라는 것을 의미한다. 남겨진 1페이지(첫 페이지)는 독자 여러분의 경험을 기록하기 위해 남겨져 있다. 이것은 출판 상식에 어긋나는 것이지만 탈무드는 원래 첫 페이지와 마지막 페이지는 백지로 남겨두는 것이 원칙이다.

유대인들은 탈무드를 '바다'라고도 부른다. 바다는 끝없이 넓고 커서 모든 것이 다 그 안에 담겨져 있고, 또한 그 속에는 무엇이 있는지조차 알 수 없기 때문이다. 그러나 탈무드가 이처럼 광범위한 내용을 다룬 방대한 것이라 하여 미리 겁먹을 필요는 없다. 탈무드에는 이런 이야기가 있다.

두 남자가 오랜 여행을 한 탓으로 몹시 배가 고픈 상태였다. 그런데 그들이 어느 방으로 들어갔을 때, 천장에 맛있는 과일을 담은 바구니가 매달려 있었다. 이것을 본 한 남자가 말했다.

"저 과일을 먹고는 싶은데, 너무 높이 매달려 있어서 손이 닿을 수가 없군."

이때 다른 남자는 이렇게 말했다.

"아주 맛있게 보이니 난 저것을 꼭 먹고야 말겠어. 아무리 높이 있다 해도 틀림없이 누군가가 저기에다 매달아 놓은 것이 아닌가. 그렇다면 나라고 해서 저기에 올라가지 못할 이유가 없지 않은가?"

그리고 그 남자는 어디에선가 사다리를 구해 와 그것을 밟고 한 걸음씩 올라가 그 과일을 꺼내 먹었다.

탈무드가 아무리 훌륭하고 내용이 심오한 것일지라도 이 또한 사람에 의하여 만들어진 것이 아닌가. 때문에 사람이 만들어낸 것을 사람이 자신의 것으로 만들지 못할 이유 또한 없다. 다만 사다리를 밟고 한 걸음, 한 걸음 올라가듯이 쉬지 않고 노력해야 한다는 사실이 중요하다.

그러나 나는 이 책을 읽을 여러분을 격려하기 위하여 이런 말을 하고 싶다. 여러분들이 알고 있는 세계적인 명사들을 한곳에 모아 놓고 그들이 수백 시간에 걸쳐 토론한 내용들을 녹음했다고 하자. 이렇게 만들어진 녹음 기록은 매우 귀한 것임에 틀림없을 것이다. 탈무드야말로 이와 같은 녹음 기록에 버금갈 만한 값진 것이다. 여러분들은 탈무드의 한 페이지를 여는 것만으로도 세계적인 명사들이 1천 년 동안이나 계속 이야기해온 것을 틀림없이 귀로 들을 수 있을 것이다.

그래서 나는 이 책을 통하여 그 안내자로서의 역할을 충실히 하고자 한다.

세 사람의 랍비

유대인이 학교에 가는 이유

탈무드 신학교에 들어가기 위하여 면접시험을 보았을 때였다. 나는 그때 "왜 신학교에 입학하려 하느냐?"는 질문을 받았다. 나는 "이 학교가 좋아서"라고 대답했다. 그러자 면접관은 "만약 공부하는 것이 목적이라면 차라리 도서관에 가는 것이 좋을 것이네. 학교는 공부하는 곳이 아니네."라고 말하는 것이었다.

그래서 나는 그 사람한테 반대로 이렇게 질문했다. "그렇다면 나는 왜 구태여 학교에 입학할 필요가 있습니까?"

시험관은 다음과 같이 말했다.

"학교라는 곳은 존경받는 사람 앞에 앉아 공부하는 곳이네. '그들(스승들)' 이라는 살아 있는 교과서를 통해 모든 것을 배워야 한다네. 학생이란 훌륭한 랍비나 교사의 언행을 지켜봄으로써 스스로 배워가는 사람이네."

나는 여기에서 탈무드에 등장하는 세 사람의 위대한 랍비들을 소개하고자 한다.

랍비 힐렐(Rabban Hillel)

랍비 힐렐은 약 2천 여 년 전 바빌로니아에서 태어났다. 20세가 되던 해 이스라엘로 가서 두 사람의 랍비로부터 지도를 받았다. 당시의 이스라엘은 로마의 지배를 받고 있어 유대인들의 생활은 고통스럽기 그지없었다.

그래서 힐렐은 우선 생활하기 위해 돈벌이에 나섰으

나, 하루에 동전 한 닢 벌기가 어려웠다. 그래도 그는 운 좋게 동전 한 닢이라도 벌면 절반은 최소한의 생활비로 쓰고, 나머지는 수업료에 충당했다.

어떤 때는 그나마 일거리가 없어 단 한 닢의 동전도 벌지 못했다. 그래도 힐렐은 학교 수업은 빼먹지 않고 들어야 했다. 그는 생각 끝에 남몰래 학교 지붕으로 올라가 굴뚝에다 귀를 대고 밤늦도록 강의를 들었다. 그러던 중 피곤에 지쳐 그만 잠이 들고 말았다.

추위가 극성스럽던 한겨울인데다, 때마침 눈이 내려 잠이 든 그의 몸을 덮어버렸다.

다음 날 아침 다시 공부가 시작되었다. 그런데 다른 날과는 달리 교실 안이 어두웠다. 모두들 천장을 쳐다보았다. 지붕에 난 창을 누군가가 가리고 있는 것이었다. 서둘러 힐렐을 끌어 내려 간호하자 그는 다시 깨어났다. 그때부터 힐렐은 수업료를 면제받고 공부하게 되었고, 또 그것이 계기가 되어 유대인 학교에서 수업료가 없어졌다.

힐렐의 언행은 수많은 칭송 속에 전해지고 있으며, 그리스도의 말씀에도 적지 않게 인용되고 있는 실정이다. 힐렐은 천재였고, 거기에다 중후하고 예의 바른 인물이었다. 세월이 지나자 힐렐은 큰 랍비 중의 랍비가 되었다.

어느 날 유대인이 아닌 사람이 힐렐에게 찾아와 강요하듯 말했다.

"내가 한쪽 다리로 서 있는 동안에 유대민족이 배우는 학문을 모두 말해보시오."

그러자 힐렐은 태연스럽게 대답했다.

"당신 자신이 하고 싶지 않은 일을 남에게 강요하지 마시오."

짓궂은 또 다른 무리가 힐렐을 화나게 할 수 있는지, 없는지를 놓고 내기를 걸었다.

마침 안식일을 앞두고 금요일 낮에 힐렐이 목욕탕에 들어가 몸을 청결히 하고 있을 때 한 남자가 찾아왔다.

편역자 주 유대인의 안식일은 금요일 해 진 뒤부터 다음 날(토요일) 해 질 때까지 계속된다.

힐렐은 젖은 몸을 대충 닦고는 그를 만났다. 찾아온 그 남자는 엉뚱한 것을 물었다.

"랍비님, 인간의 머리는 왜 둥그렇게 생겼습니까?"

힐렐이 성의껏 대답해주고 다시 목욕탕에 들어왔는데, 그 남자가 또 문을 두드렸다. 힐렐이 다시 나오자, 또 엉뚱한 질문을 하는 것이었다.

"왜 흑인은 피부가 검습니까?"

그러나 힐렐은 화를 내지 않고 차근차근 그 이유를 말해주고는 목욕탕으로 돌아왔다.

그런데 얼마 되지 않아 또 노크 소리가 들렸다. 이렇게 하기를 다섯 번이나 계속했다. 결국 그 남자는 "랍비님 같은 사람은 이 세상에 없어야 좋았을 것이오. 나는 랍비님 때문에 내기에 실패해 돈을 잃었소." 하고 속을 털어놓았다. 힐렐은 "내가 인내심을 잃어버리는 것보다는 당신이 돈을 손해 보는 것이 더 낫지요."라고 대답했다.

어느 날 힐렐이 급하게 걸어가고 있을 때 학생들이 달려와 물었다.

"선생님, 무슨 급한 일이라도 생겼습니까?"

힐렐은 "나는 지금 착한 일을 하기 위해 바쁘게 가고 있단다."라고 대답했다.

학생들이 궁금히 여겨 힐렐을 따라가 보니, 그는 대중목욕탕으로 들어가는 것이 아닌가. 학생들은 목욕탕에 들어가 몸을 닦는 선생에게 물었다.

"몸을 닦는 일도 선행입니까?"

"자기 자신을 깨끗이 하는 일은 아주 값진 선행의 하나네. 로마 사람들을 보아라. 그들은 거리에 있는 수많은 동상들을 깨끗이 닦아내고 있다. 그러나 사람이란 동상을 닦는 것보다는 자기 자신을 닦아 깨끗이 하는 것이 선행이지." **편역자 주** 유대인은 율법으로 불우한 이웃을 돕는 선행을 매우 강조한다. 이를 '쩨다카'라고 한다.*

---

* 편역자의 저서 《유대인 아버지의 경제교육》(동아일보, 2007)과 《IQ는 아버지 EQ는 어머니 몫이다》(도서출판 쉐마)의 제3권 '어머니 교육' 참조.

유대인은 인간이 하나님의 형상대로 지음 받았다고 믿기 때문에 육신도 매우 청결하게 관리한다. 그들이 수염을 깎지 않는 이유도 면도할 때 칼날로 혹시 하나님이 주신 육신에 상처를 입히지 않을까 염려해서다.

이처럼 힐렐은 음미하면 할수록 맛이 새로운 훌륭한 말을 많이 남겼다. 그 가운데서 몇 개 간추려보았다.

* 당신이 지식을 늘리지 않는다면, 그것은 곧 당신의 지식을 줄여가고 있는 결과가 된다.
* 자신의 높은 지위를 다른 사람들 앞에서 과시하려 하는 사람은 이미 스스로의 인격에 상처를 입고 있다.
* 상대편의 경우에 서보지 않고는 남을 판단하지 마라.
* 배우고자 하는 사람은 부끄러워하지 마라.
* 인내심이 부족한 사람은 스승의 자격이 없다.
* 만약 당신 주변에 뛰어난 인물이 없다면, 당신 스스로가 특출한 인물이 되어야 한다.
* 스스로 자신을 생각하지 않는다면, 누가 자신을 생각해주겠는가?

* 지금 당장 그것을 서둘러 하지 않으면, 언제 할 수 있는 기회가 있겠는가?
* 인생 최대의 목표는 평화를 사랑하고 평화를 추구하여 그것을 가져오는 것이다.
* 자기 자신의 것만 생각하는 사람은 자기 자신조차 될 자격이 없다.

랍비 요하난 벤 자카이
(Rabban Johanan ben Zakkai)

랍비 요하난 벤 자카이는 유대민족이 역사상 최대의 정신적 위기에 처했던 시기에 가장 크게 활약했던 인물 중의 한

사람이다. 기원후 70년 포악한 로마인들이 유대의 성전을 가리지 않고 파괴시키고 유대인을 멸족시키려고 기도했을 때, 벤 자카이는 비둘기파(온건파)였다. 그래서 반대파인 매파(강경파)에서는 벤 자카이의 행동을 항상 감시하는 형편이었다.

벤 자카이는 그때 유대민족이 멸망하지 않고 영원히 살아남는 길을 골똘히 생각한 끝에 마침내 로마의 유력한 장군과 협상을 하지 않으면 안 된다고 결론을 내렸다.

당시 유대인들은 예루살렘 성안에 모두 감금당한 상태로 바깥출입이 어려웠다. 그러나 벤 자카이는 꾀를 내어 탈출에 성공한다. 벤 자카이는 먼저 자신이 중병에 걸렸다고 소문을 냈다. 널리 알려진 랍비였기 때문에 많은 사람들이 문안차 몰려들었다. 며칠 뒤 벤 자카이가 살아날 가망이 없다는 소문이 나돌기 시작하더니 얼마 후 끝내 죽었다는 소문이 퍼졌다.

제자들은 그를 관 속에 넣은 뒤 성 밖으로 들고 나가려고 했다. 당시 예루살렘 성안에는 묘지가 없었다. 제자들은 성 밖의 묘지에 매장할 수 있도록 허가를 요청했다.

그러나 반대파인 매파의 수비병들은 벤 자카이의 죽음을 믿을 수 없다며 칼로 관을 찔러 죽었는지를 확인하겠다고 했다. 유대인에게는 시체를 눈으로 보는 것이 금지되어 있기 때문에, 눈으로 보고 확인할 수가 없었다.

편역자 주 유대인의 율법에 의하면 죽은 시체는 부정(不淨)한 것이다. 따라서 시체를 눈으로 보는 것이 금지되어 있다.

그러자 제자들은 "그런 짓은 죽은 사람을 모독하는 행위"라고 크게 반발했다.

드디어 제자들은 관을 들고 로마군의 전선을 향해 갔다. 전선에 당도하자 이번에는 로마 병사들이 관을 칼로 찔러서 확인하겠다고 했다. 벤 자카이의 제자들은 "만일 로마 황제가 죽었다면, 당신들은 그때도 칼로 관을 찌를 것인가?"라고 항의했다. 또, 자신들이 무장도 하지 않았음을 강조하여 마침내 로마의 전선을 무사히 통과할 수 있었다.

그 뒤 벤 자카이는 관 속에서 나와 로마 사령관에게 면담을 요청했다. 면담이 이루어져 사령관 앞에 앉게 되자 그는 잠시 사령관의 눈을 바라보다가 "나는 장군에게 로마 황제에게 표하는 경의를 보냅니다."라고 말했다. 그러자 장군은 자신에게 황제와 동격의 경의를 표하는 것은 황제 폐하를 모독하는 행위라며 언성을 높였다. 벤 자카이는 당황하지 않고 말을 이었다.

"아닙니다. 내 말을 믿으십시오. 장군은 반드시 로마의 황제가 됩니다."

확신에 찬 랍비의 말에 장군은 얼른 다른 말을 했다.

"그런 얘기는 그만둡시다. 나를 찾아온 목적이나 말해 보시오."

벤 자카이는 "오직 한 가지 소원이 있습니다."라고 했다. 여러분도 그 소원이 무엇이었을지 생각해 보라. 벤 자카이의 소원은 이랬다.

"방 한 칸의 교실이라도 좋으니 10명 정도의 랍비가 들어갈 조그만 학교 하나만 지어주십시오. 그리고 그것만은 없애지 않았으면 고맙겠습니다."

벤 자카이는 필경 예루살렘이 로마에 점령되어 곧 파괴될 것임을 예견하고 있었다. 그때 대학살이 있으리란 것도 알고 있었다. 하지만 학교만 유지하고 있으면 유대민족의 전통이 이어져갈 것이라고 그는 믿었다. 장군은 랍비의 청이 대단치 않다고 여기며 그렇게 하겠다고 약속했다.

그 후 얼마 지나지 않아 로마 황제가 죽고, 그 장군이 황제의 자리에 앉았다. 그는 "예루살렘의 작은 학교 한 군데는 절대로 없애지 마라."고 명을 내렸다. 훗날 그 학교에 있던 학자들이 유대민족의 지식과 전통, 신앙 등 유대의 얼을 지켜냈다. 전쟁이 끝난 뒤 유대인들의 생활 규범도 모두 그 학교에서 선도해나갔다.

벤 자카이는 "항상 선한 마음을 지니는 것이 최대의 재산"이라고 역설했다.

또, 유대인들의 제단에는 돌만 사용하고 철을 비롯한 금속은 쓰지 않는다. 금속 종류는 무기를 만드는 재료가 되기 때문이다. 이들은 제단을 하나님과 인간에게 평화를 선사하고 하나님과 인간이 가깝도록 연결해주는 하나의 상징이라고 생각한다. 말이나 감각이 없는 돌까지도 신과 인간 사이를 맺어주는 것으로 여기는 것이다. 하물며 인간이라면 인간에게 더한 역할도 할 수 있지 않겠는가.

"당신은 인간이므로 부부 사이에, 또 나라와 나라 사이에 평화로움을 선사할 수가 있다."라는 명언도 벤 자카이가 한 말이다.

랍비 아키바(Rabban Akiva)

랍비 아키바는 탈무드에 등상하는 랍비들 중에서도 가장 존경받는 인물이며, 유대 민족의 영웅이다. 그는 한때 큰 부잣집의 양치기로 일했는데 부잣집 딸과 사랑하는 사이가 되었고, 그 집 부모의 반대에도 불구하고 결혼했기 때문에 집에서 쫓겨나고 말았다.

아키바는 남의 집에서 일할 만큼 생활이 어려워 공부를 하지 못했으므로 글을 읽지 못했다. 그래서 그의 부인은 "당신이 공부하여 지식을 갖추는 것이 소원이다."라고 말하곤 했다. 그래서 아키바는 나이가 들어 아이들 속에 섞여 공부하게 되었다. 그로부터 13년이 지나 그가 학교

공부를 마치고 돌아왔을 때는 이미 당대의 이름난 학자로 널리 알려져 있었다.

그는 훗날 탈무드를 편집한 최초의 인물이 되었다. 또, 의학과 천문학에도 조예가 깊었고, 여러 외국어까지 능통했다. 많은 사람들이 그를 유대민족의 대표로 선출하여 유대민족의 사절로 로마를 여러 번 방문하기도 했다.

기원후 132년에 로마의 지배로부터 벗어나기 위하여 유대인들이 난을 일으켰을 때 그는 유대민족의 정신적 지도자였다. 이 반란이 가까스로 진정되자, 로마인들은 학

문하는 유대인은 누구라도 사형에 처할 수 있다고 공포했다. 로마인들은 유대인이 전통적인 책을 배움으로써 참다운 유대인이 된다고 믿고 있었기 때문이었다. 이때 아키바는 로마인들에게 여우에 관한 이야기를 들려주었다.

어느 날 여우가 냇가를 거닐고 있는데, 물속에서 물고기들이 바쁘게 헤엄쳐 다니고 있는 게 보였다. 그래서 여우는 "왜 그렇게 바쁘게 다니니?"라고 물었다. 그러자 물고기는 "우리를 낚으려고 달려드는 그물이 무서워서 그래."라고 대답했다. 여우는 친절한 척 "그럼 땅으로 나오렴. 내가 너희들을 지켜줄 테니까."라고 말했다.

이 말을 듣고 물고들은 "여우는 꽤나 영리하다고 들었는데, 이제 보니 그렇지도 않군. 우리가 살고 있는 물속에서도 이렇게 무서워 떨고 있는데, 땅 위로 올라갔다가 무슨 변을 당하려고?"라고 말하며 콧방귀를 뀌었다.

이를테면, 유대인에게 학문은 물과 같은 것이어서 물고기가 물을 떠나 잠시도 살 수 없듯이 유대인은 그것을 떠나 언덕에 올라가면 반드시 죽어버린다는 것이다. 따라서 유대인은 어떻게 해서든지 자신들의 전통적인 책을 배워야 한다고 강조한다.

그 뒤 아키바는 로마인들에게 붙잡혀 로마로 끌려간 뒤 처형(處刑)당하게 되었다. 로마 사람들은 아키바를 십자가에 매다는 것은 너무 편하게 죽이는 것이라 하여 숯불에 달군 인두로 지져 태워 죽이기로 했다.

아키바를 처형하는 현장에는 유대인의 지도자라는 명목으로 로마군의 사령관이 나와 참관하고 있었다. 마침 아침 기도가 시작되는 시간이었다. 이때 불에 빨갛게 달군 인두가 아키바의 등에 닿자 아키바는 아침 기도를 시작했다. 이 모습을 보고 놀란 사령관은 아키바에게 말했다.

"당신은 이런 참혹한 고통 속에서도 기도를 할 수 있는가?"

아키바의 대답은 담담했다.

"지금과 같이 이렇게 죽음을 당할 때도 하나님을 위해 기도할 수 있는 나를 보니 진실로 하나님을 사랑하는 나를 발견한 것 같아 기뻐하고 있소."

아키바가 조용히 말을 마치자 그의 생명의 등불은 서서히 꺼져갔다. **편역자 주** 유대인은 하루에 세 번 기도문을 암송하며 기도한다. 아침과 해 지기 전, 그리고 해가 진 뒤다. 아침과 해 진 뒤 기도 시간에는 '쉐마(신 6:4-9)'를 암송한다.*

---

* 편역자의 저서 《잃어버린 지상명령 쉐마》(도서출판 쉐마, 2006) 참조.

제2장

탈무드의 귀

T a l m u d

귀로는 듣는 사람의 의사에 관계없이 정보가 날아든다.
중요한 것은 그 선택이다.
이 장에서는 탈무드의 이야기 중에서
독자에게 흥미 있을 만한 일화를 골랐다.
일화는 사고의 재료다.
맛있게 간을 맞추는 것도, 적당히 연하게 만드는 것도
요리사인 당신의 솜씨에 달렸다.

마술 사과

어떤 임금님에게 외동딸이 있었다. 어느 날 임금의 외동딸이 큰 병이 나서 자리에 눕게 되었다. 의사는 세상에 둘도 없는 신통한 약을 먹이지 않는 한 살아날 가망이 없다고 했다. 그래서 고심하던 임금님은 딸의 병을 고쳐주는 사람을 사위로 삼는 것은 물론, 다음 임금의 자리까지 물려주겠다고 포고문을 붙였다.

당시 아주 외딴 시골에 삼 형제가 살고 있었는데, 그 가운데 맏이가 망원경으로 그 포고문을 보게 되었다. 그래서 삼 형제는 그 사정을 딱하게 여겨 임금님 외동딸의 병을 고쳐보자고 의논했다.

삼 형제 중 둘째는 마술의 융단을 가지고 있었고, 막내

인 셋째도 마술의 사과를 가지고 있었다. 마술 융단은 아무리 먼 곳이라도 주문만 외면 잠깐 사이에 날아갈 수 있고, 마술 사과는 먹기만 하면 어떤 병이고 감쪽같이 낫는 신통력이 있었다.

이들 삼 형제가 함께 서둘러 마술 융단을 타고 궁전에 도착하여, 공주한테 마술 사과를 먹게 하자 공주의 병은 정말 신통하게도 말끔히 낫게 되었다. 온 백성들은 거리로 쏟아져 나와 기뻐했으며, 임금님은 큰 잔치를 벌이고 사위이자 다음번 임금이 될 사람을 발표하기로 했다.

그러나 삼 형제는 서로 의견이 달랐다. 이중 큰형이 "만일 내 망원경으로 포고문을 보지 못했다면 우리는 공주가 병으로 누운 사실도 몰랐을 거야."라고 주장했다. 그러자 둘째는 "만일 날아다니는 내 양탄자가 없었다면 이 먼 곳까지 어떻게 왔겠느냐?"고 했다. 셋째는 "내 마술 사과가 없었다면 공주의 병을 고칠 수 없었다."고 주장했다.

만약 여러분이 임금이라면 과연 삼 형제 가운데 누구를 사윗감으로 정하겠는가? 여기에서 사위가 되고 다음번 왕위를 이을 사람은 마술 사과를 가진 셋째다. 왜냐하면 망원경을 가진 첫째는 공주를 치료한 뒤에도 그 망원경이 그대로 남아 있고, 둘째도 타고 온 융단이 그대로 남아 있으나, 셋째의 사과는 공주가 먹어버려 없어졌기 때문이다.

셋째는 임금의 외동딸을 위하여 자신이 가진 것을 모두 주었던 것이다. 이와 같이 탈무드에서는 남에게 도움을 줄 때 아낌없이 주는 것을 가장 소중하게 여긴다.

그릇

매우 총명하다는 소리는 듣지만 얼굴이 못생긴 랍비가 있었다. 그 랍비가 어느 날 로마 황제의 딸을 만나게 되었다. 황제의 딸은 랍비를 보더니 "그토록 총명한 지혜가 이런 못생긴 그릇 속에 담겨 있군." 하면서 비웃었다.

그러자 랍비는 황제의 딸에게 궁중 안에도 술이 있느냐고 물었다. 물론 공주는 술이 있다고 대답했다. 못생긴 랍비가 물었다.

"공주님, 궁중에 있는 술은 무슨 그릇에 담아 둡니까?"

"흔히 볼 수 있는 보통 항아리나 술병 같은 데 담아 두지요."

그러자 랍비는 실망했다는 표정을 지으며 말했다.

"대로마의 공주님처럼 높고 훌륭하신 분께서 금이나 은으로 만든 그릇도 많을 텐데 그런 싸구려 그릇을 쓰십니까?"

그러자 공주는 과연 랍비의 말이 옳다고 생각해서 지금까지 쓰던 보통 그릇들을 모두 금과 은그릇으로 바꾸었다. 물론 술도 금과 은그릇 속에다 옮겨 담았다. 그러고 나자 술맛이 옛날과는 달리 아주 이상하게 바뀌었다.

"누가 술맛을 이렇게 만들었느냐?"

로마 황제가 크게 화를 내자 공주가 대답했다.

"싸구려 그릇보다 귀한 그릇 속에 술을 담아 두는 게 낫다고 해서……."

공주는 황제에게 꾸중을 듣고는 랍비를 찾아가 물었다.

"당신은 어째서 나에게 잘못된 일을 하라고 했소?"

랍비는 조용히 대답했다.

"나는 다만 공주님에게, 아주 값지고 귀한 것이라 해도 보잘것없이 헐한 그릇에 두는 것이 더 좋을 때도 있다는 사실을 알려드리고 싶었을 뿐입니다."

세 자매

옛날에 세 딸을 둔 사나이가 있었다.

세 자매는 모두 예뻤으나, 그들은 제각기 한 가지씩 결점을 가지고 있었다. 큰딸은 게으름뱅이이고, 둘째 딸은 훔치는 버릇이 있고, 셋째 딸은 험담하는 버릇이 있었다.

한편, 아들 삼 형제를 둔 어떤 부자가 있었는데, 세 딸을 모두 자기네 집으로 시집보내지 않겠느냐고 청해왔다. 세 자매의 아버지가 자기 딸들이 가지고 있는 결점을 그대로 말하자, 부자는 그런 점은 자신이 책임지고 고쳐나가겠다고 장담했다.

이렇게 하여 세 자매는 시집을 가게 되었다. 시아버지는 게으름뱅이 첫째 며느리에게는 여러 명의 하녀들을 고

용해주었고, 남의 것을 훔치는 버릇이 있는 둘째 며느리에게는 큰 창고의 열쇠를 주어 무엇이든지 갖도록 해주었다. 그리고 남을 헐뜯기를 좋아하는 셋째 며느리에게는, 매일같이 오늘은 험담할 것이 없느냐고 물었다.

어느 날 친정아버지는 딸들이 어떻게 지내고 있는지 궁금하여 사돈 댁을 찾아갔다. 큰딸은 얼마든지 게으름을 피울 수 있어 즐겁다고 말했고, 둘째 딸은 갖고 싶은 것은 무엇이든지 가질 수 있어 좋다고 말했다. 그러나 셋째 딸은 시아버지가 자신에게 남녀 관계를 꼬치꼬치 묻기 때문에 귀찮다고 대답했다.

그런데 친정아버지는 자신의 셋째 딸의 말만은 믿지 않았다. 왜냐하면 셋째 딸은 시아버지까지도 헐뜯고 욕하고 있었기 때문이었다.

몽땅 삼켜

이 세상의 모든 동물들이 뱀을 앞에 놓고 나무랐다. 한 동물이 말했다.

"사자란 놈은 먹이를 쓰러뜨린 다음 먹고, 늑대는 먹이를 찢어내어 먹는다. 그런데 뱀아, 너는 어째서 먹이를 송두리째 삼켜버리느냐?"

뱀은 이렇게 대답했다.

"나는 잔인하게 남을 물어뜯는 놈보다는 낫다고 생각해. 나는 적어도 입으로 상대방을 상처 나게 하지는 않거든."

혀(1)

어떤 장사꾼이 골목을 돌아다니며 외쳤다.

"행복하게 사는 비결을 팝니다. 싸게 팝니다."

그러자 눈 깜짝할 사이에 많은 사람들이 골목을 메웠다. 그 가운데는 랍비들도 몇 사람 섞여 있었다.

"내게 파시오. 나도 사겠소. 값은 후하게 주겠소."

여기저기서 다투며 사람들이 외쳐댔다. 그러자 장사꾼은 이렇게 말했다.

"인생을 진실로 참되고 행복하게 사는 비결은 자신의 혀를 조심해 쓰는 것이오."

혀(2)

어느 날 랍비는 자신이 맡아 가르치고 있는 학생들에게 잔치를 베풀어주었다.

잔칫상에는 소와 양의 혀로 요리한 음식도 나왔다. 그런데 그 가운데는 딱딱한 혀의 요리와 부드러운 혀의 요리가 있었다. 학생들은 부드러운 혀의 요리만 골라 먹었다. 이것을 본 랍비가 말했다.

"너희들도 항상 혀를 부드럽게 간직할 수 있도록 해라. 혀가 딱딱하게 굳은 사람은 남을 노하게 하거나 서로 불화의 씨를 만드니까."

혀(3)

어느 날 랍비가 자신의 하인에게 시장에 가 맛있는 것을 골라 사 오라고 시켰다. 그랬더니 하인은 혀를 사 왔다.

며칠 뒤 랍비는 또 하인에게 오늘은 좀 값이 싼 음식을 사 오라고 명했다. 그런데 하인은 또 앞서와 같이 혀를 사 왔다.

랍비는 언짢아 그 까닭을 물었다.

"며칠 전 맛있는 것을 사 오라 했을 때 혀를 사 왔는데, 오늘은 싼 음식을 사 오라 했는데도 어째서 또 혀를 사왔느냐?"

그러자 하인은 이렇게 대답했다.

"좋은 것으로 치면 혀만큼 좋은 게 없고, 나쁜 것으로 치면 혀만큼 나쁜 것도 없기 때문입니다."

하나님이 맡기신 보석

어떤 랍비가 안식일에 회당에서 설교를 하고 있을 때, 갑자기 그의 두 아이가 집에서 죽고 말았다. 아내는 아이들의 시체를 이층으로 옮긴 뒤 흰 천으로 덮어주었다.

마침내 랍비가 집에 돌아오자 아내는 물었다.

"당신에게 묻고 싶은 것이 있어요. 어떤 사람이 저에게 귀중한 보석을 잘 보관해달라고 맡기고 갔는데, 어느 날 갑자기 그 주인이 나타나 맡긴 보석을 돌려달라고 했어요. 그럴 때 어떻게 하면 좋을까요?"

그러자 랍비는 어렵지 않다는 듯이 대답했다.

"말할 것도 없이 맡은 보석을 주인에게 돌려주어야 되

겠지."

그때 아내가 울먹이며 말했다.

"실은 조금 전에 하나님이 우리에게 맡기셨던 귀중한 보석 2개를 찾아가지고 하늘로 돌아갔어요."

랍비는 아내의 말을 알아듣고 아무 말도 하지 않았다.

어떤 유서

예루살렘에서 멀리 떨어진 곳에 살고 있는 어떤 현명한 유대인이 자신의 아들을 예루살렘에 있는 학교에 유학시켰다.

그런데 아들이 예루살렘 학교에서 공부하고 있는 사이에 부친은 중병에 걸려, 죽기 전에는 아들을 못 볼 것 같아 유서를 남겼다. 유서의 내용은 자신의 모든 재산을 한 하인에게 물려주고, 아들에게는 원하는 것 한 가지만 준다는 것이었다.

마침내 부친이 세상을 뜨자, 그 집 하인은 자신에게 행운이 돌아왔다고 기뻐했다. 하인은 즉시 예루살렘의 주인 아들에게 달려가 부친이 돌아가셨다고 전했다. 그리고 유

서를 보여주었다. 아들은 매우 놀라고 크게 슬퍼했다.

아버지의 장례를 마친 아들은 앞으로 어떻게 하면 좋을 것인가를 곰곰이 생각했다. 그리고 랍비를 찾아가 전후 사정을 설명했다.

"아버지는 어째서 내게 재산을 조금도 남겨 주시지 않았을까요? 지금껏 나는 아버지를 실망시킨 적이 없는데요."

아들이 불평을 하면서 돌아가신 아버지를 원망하자 랍비는 이렇게 말했다.

"천만에, 그렇지 않소. 당신 부친께서는 매우 현명하신 분입니다. 그리고 당신을 진심으로 사랑하셨소. 이 유서를 살펴보면 부친의 마음을 잘 알 수가 있소."

그러나 아들은 이렇게 원망했다.

"하인에게 모든 재산을 물려주고 자식에게는 아무것도 남겨 주시지 않았습니다. 자식에 대한 애정이라고는 조금도 없는 분입니다. 얼마나 어리석은 행동입니까?"

"당신도 부친과 같이 현명하게 머리를 써야 하오. 당신이 부친의 참뜻을 이해한다면, 당신에게 훌륭한 유산을

남긴 것을 알 수 있을 것이오."

만일 여러분들이 아들이라면 유서의 참뜻을 어떻게 이해하겠는가?

랍비는 이렇게 설명했다.

"당신의 부친은 운명할 때 당신이 집에 없었기 때문에 하인이 재산을 가지고 도망치거나, 재산을 다 탕진해버리거나, 심지어는 자신의 죽음마저도 당신에게 전하지 않을 것을 염려하여 모든 재산을 하인에게 주신다고 한 것이오."

"모든 재산을 하인에게 주게 되면, 그는 기뻐서 당신에게 달려가 그런 사실을 알릴 것이고, 재산도 소중하게 간직할 것이라고 생각한 것이오."

"하지만 그것이 내게 무슨 소용이 있습니까?"

아들이 묻자, 랍비는 답답하다는 듯이 말했다.

"역시 젊은이라 지혜가 모자라는군요. 하인의 재산은 전부 주인에게 속한다는 사실을 당신은 모르오? 당신의 부친께서는 당신이 원하는 것 한 가지만은 당신에게 물려준다고 분명히 말씀하시지 않았소. 그러니까 당신은 그 하인을 소유한다고만 하면 그것으로 모든 재산은 당신의 것이 되는 것이오. 이 얼마나 현명하고 애정이 깊은 생각이오."

뒤늦게 아버지의 참뜻을 깨달은 젊은이는 랍비가 가르쳐준 대로 한 다음, 그 하인은 해방시켜주었다. 그 후 젊은이는 항상 "역시 나이 많은 사람의 지혜는 따라갈 수가 없다."고 말하곤 했다.

붕대와 율법

법률이란 마치 약(藥)과도 같은 것이다.

옛날에 어느 임금이, 상처를 입은 아들에게 붕대를 감아주면서 이렇게 타일렀다.

"애야! 앞으로 이 붕대가 풀리지 않도록 조심해라. 이 붕대를 감고 있는 동안만은 먹거나 뛰거나 물에 들어가도 아프지 않을 것이다. 그렇지만 이 붕대를 풀어버리면 상처가 더 심해질 것이다."

사람도 이와 비슷하다. 사람의 마음속에는 악한 쪽으로 치우치려는 성질이 있으나, 법률을 지키고 벗어나려 하지 않는 한 결코 성질이 나쁘게 바뀌는 일은 없을 것이다.

옳은 것의 차이

알렉산더 대왕이 이스라엘에 왔을 때의 일이다. 어떤 유대인이 대왕에게 물었다.

"대왕께서는 우리가 가진 금과 은을 갖고 싶지 않으신지요?"

그러자 알렉산더 대왕이 이렇게 대답했다.

"나는 금과 같은 보화를 많이 가지고 있어서 그런 건 조금도 탐나지 않소. 다만 당신들 유대인들의 전통과 정의는 어떤 것인지 알고 싶을 뿐이오."

알렉산더 대왕이 이스라엘에 머물고 있는 동안에 두 명의 남자가 어떤 일을 상담하기 위하여 랍비를 찾아갔다.

내용인즉, 한 사람이 다른 사람으로부터 넝마더미를

샀는데, 그 넝마 속에서 많은 금화가 발견되었다는 것이다. 그래서 그는 넝마를 판 사람에게 "나는 넝마를 산 것이지 금화까지 산 것은 아니오. 그러니 이 금화는 마땅히 당신 것이오."라고 말했다.

그러자 넝마를 판 사람은 그것을 산 사람에게 "나는 당신에게 넝마더미 전부를 판 것이니, 그 속에 들어 있는 것도 모두 당신 것이오."라고 말했다는 것이다.

랍비는 한참을 생각하고 나서 판정을 내렸다.

"당신들에게는 각기 딸과 아들이 있으니, 그 두 사람을 서로 결혼시킨 뒤, 그 금화를 그들에게 물려주는 것이 옳은 사리일 것이오."

그러고는 알렉산더 대왕에게 물어보았다.

"대왕님, 당신의 나라에서는 이런 경우 어떤 판결을 내리십니까?"

그러자 알렉산더 대왕은 아주 간단하게 답했다.

"우리나라에서는 두 사람을 함께 죽이고 금화는 내가 갖소. 이것이 내가 알고 있는 '정의' 요."

포도밭

한 마리의 여우가 포도밭 주위를 돌면서 어떻게 해서든지 그 속으로 숨어 들어가려 하고 있었다. 그러나 울타리 때문에 도저히 안으로 기어 들어갈 수가 없었다. 그래서 여우는 궁리 끝에 사흘을 굶어 몸을 마르게 한 뒤에 가까스로 울타리 틈 사이로 들어가는 데 성공했다.

포도밭 안으로 들어간 여우는 맛있는 포도를 실컷 따 먹고 다시 포도밭에서 나오려고 했으나, 배가 불러 그곳을 빠져나올 수 없었다. 그래서 여우는 할 수 없이 다시 사흘 동안 굶어 몸을 마르게 한 뒤에야 겨우 빠져나올 수 있었다.

이때 여우가 말했다.

"배가 고프기는 들어갈 때나 나올 때나 매한가지군."

인생도 이와 같아서 사람은 누구나 빈손으로 태어났다가 죽을 때 역시 빈손으로 돌아가게 마련이다. 사람이 죽으면 이 세상에 가족과 명성과 선행, 이 3가지를 남기게 되는데, 선행 이외의 것은 과히 대단한 것이 못 된다.

복수와 증오

어떤 남자가 말했다.

"자네가 가지고 있는 솥을 좀 빌려 주게나."

그러자 상대는 "싫다."고 한마디로 거절했다.

며칠이 지난 뒤 이번에는 반대로 앞서 거절했던 그 남자가 찾아와 "자네의 말을 좀 빌려 주게." 하고 부탁했다. 그러자 그는 이렇게 말했다.

"자네가 솥을 빌려 주지 않았으니까 나도 말을 빌려 줄 수가 없네."

이것은 복수다.

어떤 남자가 말했다.

"자네가 가지고 있는 솥을 좀 빌려 주게나."

그러자 상대는 "싫다."고 한마디로 거절했다.

며칠이 지난 뒤 이번에는 반대로 앞서 거절했던 그 남자가 찾아와 "자네의 말을 좀 빌려 주게나." 하고 부탁했다. 그러자 먼저 그 남자는 말을 빌려 주면서 이렇게 말했다.

"자네는 자네가 가지고 있는 솥을 내게 빌려 주지 않았으나, 나는 자네에게 내 말을 빌려 주겠네."

이것은 증오다.

선과 악

지구를 휩쓸었던 대홍수 때, 세상의 갖가지 동물들이 노아의 방주로 몰려들어 구해주기를 애원했다. 이때 '선(善)' 도 급히 방주로 달려왔으나, 노아는 '선' 이 배에 오르는 것을 허락하지 않았다. 노아는 "나는 짝을 갖춘 자만을 태운다."고 말하며 냉정하게 '선' 을 박대했다.

그래서 '선' 은 다시 숲으로 돌아가 자신의 짝이 될 상대를 찾았다. 마침내 '선' 은 '악(惡)' 을 데리고 배로 돌아오게 되었다. 이때부터 '선' 이 있는 곳에는 반드시 '악' 이 있게 되었다.

나무 열매

어떤 노인이 정원에다 어린 나무를 심고 있었다. 그때 그곳을 지나던 나그네가 노인에게 물었다.

"노인장께서는 언제쯤 그 나무에 열매가 열리리라고 생각하십니까?"

"아마 70년쯤 후면 열리겠지요."

노인이 대답하자 나그네는 또 물었다.

"노인장께서는 그때까지 살아 계실 수 있습니까?"

그러자 노인은 대답했다.

"아니오, 그때까지 살 수야 없겠지만 그래도 그런 게 아니라오. 내가 태어났을 때 우리 집 과수원에는 많은 과일이 열려 있었소. 그것은 내가 태어나기도 전에 내 부친께서 나를 위해 심어 놓으신 것이었지. 나도 아버님과 똑같은 일을 하고 있는 것이라오."

장님의 등불

어떤 사람이 캄캄한 밤에 거리를 걷고 있었다. 그때 맞은편에서 장님이 등불을 들고 걸어왔다.

그 사람이 장님에게 물었다.

"당신은 장님인데, 왜 등불을 들고 다니지요?"

그러자 장님은 이렇게 대답했다.

"내가 이 등불을 들고 걸어가야 눈 뜬 사람들이 장님이 걸어가고 있다는 것을 알 수 있을 테니까요."

일곱 번째 사람

어떤 랍비가 말했다. "내일 아침에 여섯 사람이 모여 이 문제를 해결하기로 했다."

그런데, 이튿날 아침이 되자 일곱 사람이 모였다. 초청하지 않은 사람이 한 명 더 있는 것이었다. 랍비는 그 불청객을 가려내기 위하여 "여기에 있을 필요가 없는 사람이 있으니 그분은 당장 돌아가시오."라고 했다.

그러자 그들 중 누가 생각해보아도 그 자리에 꼭 있어야 할 유능한 사람이 벌떡 일어나서 나가버렸다.

그 사람은 왜 그렇게 했을까? 그는 초청을 받지 않았는데도 잘못 알고 나와 있던 사람이 굴욕감을 느끼지 않게 하기 위해 자신이 나갔던 것이다.

언약

아름다운 소녀가 가족과 함께 여행을 하고 있었다. 그러던 어느 날 소녀는 혼자서 산책을 하다가 그만 길을 잃고 우물가에 이르렀다.

그녀는 갈증이 심하여 두레박줄을 타고 내려가 물을 마셨는데, 다시 올라가려고 하니 올라갈 수가 없었다. 그래서 그녀는 도움을 청하기 위하여 큰 소리로 울기 시작했다. 때마침 그곳을 지나가던 청년이 울음소리를 듣고 그녀를 구해주었다. 이 일을 계기로 두 사람은 곧 사랑을 맹세하게 되었다.

그런 일이 있은 뒤 청년은 다시 길을 떠나게 되어, 소녀와 작별을 하기 위해 만났다. 그들은 서로가 사랑을 성실히 지킬 것을 약속했고, 결혼할 수 있는 날까지 언제까지라도 기다리자고 굳게 언약했다.

청년이 자신들 약혼의 증인이 되어줄 누군가를 찾아보자고 이야기하고 있을 때 족제비 한 마리가 나타났다가 숲 속으로 사라졌다.

"지금 지나간 저 족제비와 우리 옆에 있는 이 우물이 증인이에요."

두 사람은 그렇게 믿고 서로 헤어졌다. 그 후 몇 년의 세월이 지났다.

그녀는 약속을 지키며 그 청년을 기다렸지만 그녀를 떠난 젊은 남자는 딴 여자와 결혼하여 아이도 낳고 약속을 잊은 채 즐겁게 살고 있었다.

그러던 어느 날엔가 남자의 아이가 풀밭에서 놀다가 그만 잠이 들었다. 그때 족제비가 나타나 그 아이의 목을 물어 죽였다. 부부는 매우 슬퍼했다.

그 일이 있은 뒤 그들 부부 사이에는 또 아이가 태어나 옛날처럼 행복한 나날을 보내게 되었다. 아이가 걸어 다닐 만큼 자라자 우물에 비친 갖가지 그림자들을 들여다보다가 그 아이마저 그만 우물에 빠져 죽고 말았다.

청년은 그때서야 문득 옛날 그녀와의 언약이 생각났고, 그때 두 증인이 족제비와 우물이었다는 사실도 생각해내었다. 그는 아내에게 그때의 이야기를 하고는 헤어지기로 했다.

그리고 청년은 약속한 소녀가 있던 마을로 돌아왔는데, 약혼녀는 그때까지 약속을 지키며 혼자서 그를 기다리고 있었다. 마침내 두 사람은 결혼하여 행복하게 살았다.

가정의 평화

랍비 메이어는 설교를 잘하기로 유명했다. 그는 매주 금요일 밤이면 회당(유대인이 기도와 예배를 드리는 곳)에서 어김없이 설교를 했는데, 몇백 명씩 한꺼번에 몰려들어 그의 설교를 들었다. **편역자 주** 유대인의 안식일은 금요일 밤에 시작하기 때문에 금요일 밤 해가 져 기도회가 끝나면 랍비의 설교도 이어진다.

그들 가운데 메이어의 설교를 매우 좋아하는 여자가 있었다. 다른 여자들은 금요일 밤이면 집에서 안식일 절기에 먹을 음식을 만드느라 바쁜데, 그 여자만은 이 랍비의 설교를 들으러 회당에 나왔다.

메이어는 긴 시간 설교를 했다. 그 여인은 설교를 듣고

만족한 마음으로 집으로 돌아왔다. 그런데 남편이 문에서 그녀를 기다리고 있다가 내일이 안식일인데 음식은 장만하지 않고 어디를 쏘다니느냐며 버럭 화를 냈다.

"도대체 어디에 갔다 오는 거요?"

"회당에서 메이어 랍비님의 설교를 듣고 오는 길이에요."

그러자 남편은 더욱 화를 내며 소리쳤다.

"그 랍비의 얼굴에다 침을 뱉고 오기 전에는 절대로 집에 들어올 생각은 하지도 마!"

집에서 쫓겨난 아내는 할 수 없이 친구 집에서 머물며 남편과 별거했다. 이 소문을 들은 메이어는 자신의 설교가 너무 길어서 한 가정의 평화를 깨뜨렸다고 몹시 후회했다. 그러고는 그 여인을 불러 눈이 몹시 아프다고 호소하면서 이렇게 간청했다.

"남의 침으로 씻으면 낫게 된다는데, 당신이 좀 씻어주시오."

그리하여 여인은 랍비의 눈에다 침을 뱉게 되었다.

제자들은 랍비에게 물었다.

"선생님께선 덕망이 높으신데, 어찌하여 여자가 얼굴에 침을 뱉도록 허락하셨습니까?"

랍비는 이렇게 대답했다.

"가정의 평화를 되찾기 위해서는 그보다 더한 일이라도 할 수 있다네."

지도자

밤의 꼬리는 항상 머리 뒤에 붙어 있어서 머리가 가는 대로 따라다니게 마련이다. 어느 날 꼬리가 화가 나서 머리에게 불만을 터뜨렸다.

"어째서 나는 항상 네 꽁무니만 따라다녀야 하고, 너는 항상 네 마음대로 나를 끌고 다닐 수 있는 거지? 이건 공평하지 못한 일이야. 나도 분명히 뱀의 한 부분인데 항상 노예처럼 네게 달라붙어 끌려 다니기만 해야 된다니 이건 너무 부당해."

그러자 머리가 당연하다는 듯이 대꾸했다.

"그게 무슨 말이야, 바보같이. 너에게는 앞을 볼 수 있는 눈도 없고, 위험을 알아차릴 귀도 없고, 행동을 결정할 두뇌도 없잖니. 나는 결코 나 자신만을 위해 그렇게 하는 게 아니라 너를 생각해서 끌고 다니는 거야. 알겠니?"

꼬리가 큰 소리로 비웃으며 말했다.

"그런 말은 지겹도록 들어왔어. 폭군이나 독재자들도 자신을 따르는 자들을 위하여 일한다는 구실로, 제 마음대로 하고 있는 거야."

이렇게 응수하자 머리는 할 수 없다는 듯이 말했다.

"정 그렇다면 네가 한번 내가 하는 일을 맡아볼래?"

그러자 꼬리는 매우 좋아하며, 신이 나서 앞에 나서서 먼저 움직이기 시작했다. 그러나 얼마 가지 못하여 뱀은 도랑에 빠졌다가 천신만고 끝에 간신히 도랑에서 기어 올라올 수 있었다. 또, 얼마를 기어가다가 꼬리는 그만 가시투성이인 덤불 속으로 들어가고 말았다. 그러나 꼬리가 가시덤불을 빠져나오려고 애를 쓰면 쓸수록 점점 더 가시에 찔려서 옴짝달싹할 수가 없었다. 상처투성이가 된 뱀은 이번에도 머리의 도움으로 간신히 가시덤불에서 빠져나올 수 있었다.

또다시 꼬리가 앞장서서 나가다가, 이번에는 불길 속

으로 들어가고 말았다. 몸이 점점 뜨거워지고 갑자기 앞이 캄캄해지자 뱀은 두려움에 떨기 시작했다. 다급해진 머리가 필사적으로 탈출하려 했지만 이미 때는 늦었다. 몸은 불타고, 머리도 함께 죽어버렸다.

머리는 결국 맹목적인 꼬리에 의해서 희생되고 만 것이다. 그러므로 지도자를 선택할 때는 항상 머리와 같은 자를 선택해야지 꼬리와 같은 자를 선택해서는 안 된다.

3가지의 현명한 행동

예루살렘에 거주하는 사람이 여행 도중에 병이 들고 말았다. 그는 이제 소생할 가망이 없다고 판단하여 여관 주인을 불러놓고 말했다.

"나는 이대로 죽을 것 같소. 내가 죽었다는 소식을 듣고 예루살렘에서 내 가족이 찾아오면, 내가 가지고 있던 물건들을 내주시오. 그러나 찾아온 식구들이 3가지 현명한 행동을 하지 않으면 내 물건들을 절대로 내주지 마시오. 나는 여행을 떠나기 전 내 아들에게, 만일 내가 여행 중에 죽게 된다면 내 유산을 물려받기 위하여 3가지 현명한 행동을 해야 한다고 일러두었습니다."

투숙한 나그네는 죽었고, 여관 주인은 유대인의 의식

에 맞게 매장해주었다. 동시에 마을 사람들에게 그의 죽음이 알려졌고, 물론 예루살렘에 있는 아들에게도 소식이 전해졌다.

예루살렘에 있는 아들이 부음을 전해 듣고, 서둘러 부친이 돌아가셨다는 마을로 찾아왔다. 그러나 그는 부친이 묵었던 여관을 알 수가 없었다. 왜냐하면 부친이 어느 여관인지 아들에게 알려주지 말라고 유언했기 때문이었다. 그래서 아들은 자신의 지혜로 그 여관을 찾아낼 수밖에 없었다.

그때, 나무장수가 땔나무를 가득 싣고 지나가고 있었다. 아들은 나무장수를 불러 땔나무를 산 다음, 그 나무를 예루살렘에서 온 나그네가 죽은 여관으로 가져다달라고 말하고, 그 나무장수가 가는 대로 따라갔다.

여관 주인이 자신은 땔나무를 산 일이 없노라고 말하자, 나무장수는 "아닙니다. 지금 내 뒤를 따라오고 있는 사람이 이 나무를 사서 이리로 가져다달라고 한 것입니다."라고 말했다.

이것이 아들의 첫 번째 현명한 행동이었다.

여관 주인은 그를 반갑게 맞아들인 다음, 저녁식사를 대접했다. 식탁 위에는 다섯 마리의 비둘기 요리와 한 마리의 닭 요리가 올라와 있었다.

식탁에는 그 밖에도 주인 부부와 주인 부부의 두 아들과 두 딸, 이렇게 모두 일곱 사람이 자리를 같이했다. 주인이 "이제 음식을 모두에게 나누어 주시오."라고 그에게 청하자, 그는 "아닙니다. 주인께서 나누어 주시는 것이 좋을 것 같다."며 사양했다.

주인은 이렇게 말했다.

"아닙니다. 당신이 손님이니까, 당신이 좋을 대로 나누어 주시지요."

그래서 그는 음식을 나누어 주기 시작했다. 먼저 비둘기 한 마리를 두 아들에게 주고, 또 한 마리는 두 딸에게 그리고 또 한 마리는 주인 부부에게 주고, 나머지 두 마리는 자기 몫으로 놓았다.

이것이 그 아들의 두 번째 현명한 행동이었다.

주인은 매우 못마땅한 표정을 지으면서도 아무 말도

하지 않았다. 이어서 그는 닭 요리를 나누기 시작했다. 먼저 머리는 떼어 주인 부부에게 주고, 두 다리는 두 아들에게 주고 두 날개는 두 딸에게 준 다음 큰 몸통은 자신의 몫으로 놓았다.

이것이 그 아들의 세 번째 현명한 행동이었다.

마침내 주인은 화가 치밀어 야단을 쳤다.

"당신네 고장에서는 이렇게 합니까? 당신이 비둘기를 나눌 때는 참았으나, 닭을 나누는 것을 보니 더 이상 참을 수가 없소. 도대체 이게 무슨 짓이오!"

그러자 젊은이는 말했다.

"나는 처음부터 음식을 나누는 일은 하고 싶지 않았습니다. 그러나 주인께서 내게 간곡히 부탁하시어 최선을 다해 나누어 드린 것뿐입니다. 그러면 그렇게 나누어 드린 이유를 말씀드리지요. 주인과 부인과 비둘기 한 마리를 합하면 셋이고, 두 아드님과 비둘기 한 마리를 합하면 셋이고, 두 따님과 비둘기 한 마리를 합하면 셋이고, 나와 비둘기 두 마리를 합하면 셋이니, 매우 공평하게 나눈 것입니다. 또, 주인 부부께서는 이 집안의 우두머리이므로 닭의 머리를 드렸고, 두 아드님은 이 집안의 기둥이므로 다리를 주었고, 두 따님은 언제라도 날개가 돋쳐 시집을 갈 것이므로 날개를 준 것입니다. 그리고 나는 배를 타고 여기에 왔고, 다시 배를 타고 돌아가야 하기 때문에 배처럼 생긴 몸통을 가진 것입니다. 이제 빨리 우리 아버님의 유산이나 내주십시오."

성 윤리

어떤 젊은이가 한 아가씨를 깊이 사랑하다 그만 병이 들어 자리에 눕게 되었다. 의사가 젊은이를 진찰해보더니 이렇게 말했다.

"이것은 당신의 소망이 이루어지지 못하여 상사병이 된 것이므로, 그 여인과 성관계를 가지면 나을 게요."

그래서 젊은이는 랍비를 찾아가 의사가 이렇게 말했는데 어떻게 하면 좋겠느냐고 상담했다. 랍비는 절대로 그와 같은 성관계를 가져서는 안 된다고 말했다.

젊은이는, 그렇다면 그 여자가 벌거벗고 자기 앞에 서서, 자신의 우울한 마음을 풀어 병을 낫게 할 수 있다면 어떻겠느냐고 물었다. 랍비는 그것도 역시 안 된다고 말

했다.

젊은이는 다시, 그렇다면 자신과 그 여자가 울타리를 사이에 두고 마주 서서 이야기라도 하는 것은 어떠냐고 물었다. 그러나 랍비는 그것조차도 안 된다고 말했다.

물론 탈무드에는 그 여인이 결혼한 여인인지, 처녀인지는 나타나 있지 않다. 그러나 그 젊은이와 다른 사람들까지도, 어째서 랍비께서는 모든 것을 그처럼 강경하게 반대만 하느냐고 묻자, 랍비는 다음과 같이 말했다.

"인간은 마땅히 정숙해야 하므로 순결한 사람이 서로 사랑한다고 하여 성관계를 가져도 좋다고 한다면, 사회의 규율은 무너지고 말 것이오."

재산

항해하던 도중 배 안에서 있었던 이야기다. 배 안의 승객들은 모두가 큰 부자들이었다. 그들은 서로 자신들이 가진 재산을 자랑하기에 바빴다. 그때 그 속에 끼어 있던 랍비 한 사람이 이렇게 말했다.

"나는 내 재산을 당신들에게 보여줄 수는 없지만 부자로 치면 내가 제일 부자로 생각하오."

그때 마침 해적들이 나타나 그 배를 습격했고, 부자들은 금은보석과 모든 재산을 해적들에게 빼앗겨버렸다. 해적들이 가버린 뒤, 배는 가까스로 어떤 항구에 다다랐다. 랍비의 높은 교양과 학식은 곧 그 항구 사람들에게 인정을 받게 되었고, 그는 학생들을 모아놓고 가르쳐 생계를 꾸릴 수 있었다.

얼마 뒤 랍비는 함께 배를 타고 여행했던 부자들을 만났다. 그들은 모두가 비참한 가난뱅이로 전락해 있었다. 그들은 랍비에게 이렇게 말했다.

"당신의 말이 옳았소, 지식을 가지고 있는 사람은 모든 것을 다 가지고 있는 것과 같소."

지식은 언제 어디서라도 누구에게 빼앗기는 일 없이 지닐 수 있기 때문이었다. 교육이 가장 중요한 재산이라는 사실이 입증되었던 것이다.

가난뱅이

옛날에는 가난뱅이였던 벼락부자가 있었다. 랍비 힐렐은 그에게 한 마리의 말과 마부를 주었다. 어느 날 갑자기 마부가 사라졌다. 그러자 그 벼락부자는 3일 동안 마부처럼 직접 말을 끌고 걸어갔다.

천당과 지옥

어떤 사람이 아버지에게 닭을 잡아 극진히 대접했다. 아버지가 물었다.

"이 닭을 어디서 구했느냐?"

아들은 퉁명스럽게 대답했다.

"아버지, 그런 걱정은 하지 마시고, 어서 많이 잡수시기나 하세요!"

그래서 아버지는 더 이상 묻지 않았다.

또 한 사람은 밀을 빻아 밀가루를 만드는 방아꾼이었는데, 왕이 나라 안에 있는 방아꾼을 소집한다는 포고령을 내리자 아버지에게 자기 대신 방앗간을 돌보게 하고 왕이 있는 궁성으로 갔다.

여러분들은 이들 두 아들 가운데 누가 천국으로 가고, 누가 지옥에 갈 것이라고 생각하는가? 또 어째서 그렇다고 생각하는가?

두 번째 사람은, 왕이 강제로 소집한 사람들을 혹사하고 매질하고 좋은 음식도 주지 않는 것을 알고 있었으므로, 아버지 대신 자신이 갔던 것이다. 그래서 그는 죽어서 천국으로 갈 수 있었다.

그러나 아버지에게 닭을 잡아 드린 사나이는 아버지가 묻는 말에 제대로 대답을 하지 않았기 때문에 지옥에 갔다.

부모에게 정성을 다해 진심으로 대하지 않는다면 차라리 일을 하게 하는 편이 낫다.

세 친구

어느 날 왕이 한 사람에게 전령을 보내어 즉시 대령할 것을 명령했다. 그런데 이 사람에게는 3명의 친구가 있었다. 그는 첫 번째 친구를 가장 소중히 여기고 있어, 그 친구가 자신의 가장 좋은 친구라고 생각하고 있었다. 두 번째 친구 역시 사랑하고 있었으나 첫 번째 친구처럼 소중하게 여기고 있지는 않았다. 세 번째 친구도 친구이기는 했지만 별로 큰 관심은 가지고 있지 않았다.

왕의 부름을 받자 그는 자신이 어떤 나쁜 짓이라도 하여 벌을 받는 것이 아닌가 싶어 무서웠다. 그래서 3명의 친구들에게 함께 가달라고 부탁을 했다.

그는 먼저 제일 소중히 여기고 있는 친구에게 함께 가

줄 수 없겠느냐고 부탁했지만, 그 친구는 아무 이유도 말하지 않고 거절했다. 그래서 두 번째 친구에게 부탁했더니, 궁전 문 앞까지는 함께 가줄 수 있지만, 그 이상은 갈 수 없다고 거절했다.

다음 세 번째 친구에게 부탁하자 쾌히 응해주었다.

"그러지, 내가 함께 가주겠네. 자네는 아무런 나쁜 짓도 하지 않았으니 조금도 두려워할 것이 없네. 내가 함께 가서 임금님께 잘 말씀드려주겠네."

왜 3명의 친구들은 각기 그렇게 말했을까? 첫 번째 친구란 곧 '재산'을 말하는 것이다. 사람이 아무리 돈을 소중히 여기고 사랑하더라도 죽을 때는 그대로 남겨 두고 가야 하는 것이다. 두 번째 친구란 '친척'을 말하는 것이다. 친척은 무덤까지도 따라가주지만 그를 그곳에 혼자 남겨 두고 돌아가버린다.

세 번째 친구는 '선행'을 말하는 것이다. 선행은 평소에는 별로 눈에 띄지 않지만 죽은 뒤에도 영원히 그와 함께 남아 있게 마련이다. **편역자 주** 유대인은 선행(쩨다카)을 상당히 강조한다.*

* 편역자의 《유대인 아버지의 경제교육》(동아일보, 2007)과 《IQ는 아버지 EQ는 어머니 몫이다》(조선일보, 1999: 도서출판 쉐마, 2006)의 제3권 '어머니 교육' 참조.

술의 기원

이 세상 최초의 인간이 포도나무를 키우고 있었다. 그때 악마가 찾아와 "무엇을 하고 있느냐?"고 물었다.

인간이 대답하기를 "지금 근사한 식물을 키우고 있다."고 하자 악마는 "이런 식물은 처음 보는 것이군." 하면서 놀라워했다. 그래서 인간은 악마에게 다음과 같이 설명해 주었다.

"이 식물에는 아주 달콤하고 맛있는 열매가 열리는데, 익은 다음 그 즙을 내어 마시면 아주 행복해진다네."

악마는 자신도 꼭 한몫 끼게 해 달라고 애원하고는, 양과 사자와 원숭이와 돼지를 데리고 왔다. 그리고 악마는 이 짐승들을 죽여 그 피를 거름으로 썼다. 포도주는 이렇게 해서 세상에 처음 생겨났다고 한다.

그래서 술을 처음 마시기 시작할 때는 양같이 온순하고, 조금 더 마시면 사자처럼 사납게 되고, 조금 더 마시며 원숭이처럼 춤추거나 노래를 부른다.

그리고 더 많이 마시게 되면 토하고 뒹구느라 돼지처럼 추하게 된다. 술이란 악마가 인간들에게 준 선물이기 때문이다.

처형(處刑)

어느 집에 닭이 한 마리 있었다. 그 닭이 아기를 죽였다고 재판에 회부되었다. 요람에 누워 있는 갓 태어난 아이의 머리통을 쪼아 죽게 했다는 것이다. 증인이 불려 나가 그 사실을 증언했다. 불쌍하게도 닭은 유죄 판결을 받아 죽게 되었다.

이 이야기는 아무리 미물인 닭이라 할지라도 살인자로서 유죄가 확정되지 않는 한 경솔히 처형할 수 없다는 것을 깨닫게 해주는 교훈이다.

효도

옛날 이스라엘의 디마라는 곳에 유대인이 아닌 사람이 살고 있었다. 그는 금화 3천 개의 값이 나가는 다이아몬드 한 개를 가지고 있었다.

어느 날 랍비가 사원을 꾸미는 데 쓰려고 금화 3천 개를 가지고 그의 집으로 다이아몬드를 사러 갔다.

그때 그 사람의 부친이 다이아몬드를 넣어 둔 금고의 열쇠를 베개 밑에 넣고 낮잠을 자고 있었다. 난처해진 아들은 "낮잠을 주무시는 아버지를 깨울 수 없으니 다이아몬드를 팔지 못하겠다."고 대답했다.

그만큼 큰 돈벌이가 되는데도 낮잠을 주무시는 아버지를 깨우지 않으려는 것을 보고 대단한 효도라며 감탄하

여, 랍비는 사람들에게 널리 그 이야기를 알렸다.

어머니

어떤 랍비가 어머니와 단 둘이서 길을 가고 있었다. 그런데 길에 돌이 많고 울퉁불퉁하여 걷기가 매우 힘들었다. 랍비는 어머니가 걸음을 내디딜 때마다 자신의 손을 어머니의 발밑에 집어넣었다.

탈무드에서는 부모가 등장할 때 늘 아버지를 앞세우는데, 이 이야기만은 유일하게 어머니만 나온다. 어머니도 아버지와 마찬가지로 소중한 존재임을 알려주기 위한 이야기일 것이다.

그러나 만일 아버지와 어머니가 다 같이 물을 마시고 싶어한다면, 물은 아버지에게 먼저 가져간다. 왜냐하면 어머니도 아버지를 소중히 섬기므로 어머니에게 먼저 가

져갈지라도 어머니는 자신이 먼저 마시지 않고 아버지에게 건네주기 때문이다.

2시간의 의미

어떤 왕이 가지고 있는 포도밭에서 많은 일꾼들이 일하고 있었다. 그중 한 일꾼은 비상한 능력을 가지고 있어 다른 일꾼들보다 유난히 일을 잘했다.

어느 날 왕이 포도밭을 찾아와 뛰어난 능력을 가진 일꾼과 함께 포도밭 안을 산책했다. 유대인의 관례대로 일한 대가는 매일 동전으로 지불되었다. 그날도 하루의 일이 끝나자, 일꾼들은 돈을 받아 가려고 차례로 줄을 섰다. 일꾼들은 모두 같은 임금을 받고 있었는데, 능력이 뛰어난 그 일꾼도 같은 금액의 돈을 받자, 다른 일꾼들은 왕에게 항의했다.

"이 사람은 2시간밖에 일하지 않았으며,

나머지 시간은 임금님과 함께 지냈습니다. 그런데도 우리와 똑같은 임금을 받는다는 것은 불공평합니다."

그러자 왕은 이렇게 말했다.

"이 사람은 2시간 동안 너희들이 하루 종일 걸려서 한 일보다 더 많은 일을 해냈다."

오늘 28세의 젊은 나이에 죽은 랍비도, 다른 사람들이 100년에 걸쳐 한 일보다 더 중요한 일을 많이 해냈다. 사람은 얼마 동안을 살았느냐가 중요한 것이 아니라, 얼마나 많은 업적을 남겼느냐가 중요하다.

맞지 않는 사람

양과 호랑이는 같은 우리 안에서 살 수 있을까? 답은 '아니다' 다. 사람도 이처럼 시어머니와 며느리가 한 지붕 밑에서 살 수 없는 것이다. **편역자 주** 이런 면에서 며느리가 시어머니를 섬기는 한국인의 효가 유대인의 효보다 더 강하다는 것을 알 수 있다. 이것은 윤리적 측면에서 좋은 것이다. 그러나 잘못된 권위주의에 젖은 시어머니가 약한 며느리를 사랑하지 않고 괴롭힌다면 이것은 잘못된 것이다. 고치도록 교육시켜야 한다.

7단계

탈무드에서는 남자의 생애를 7단계로 나누었다.

* 한 살은 임금님... 모든 사람들이 임금님을 모시듯이 달래거나 얼러서 비위를 맞추어준다.

* 두 살은 돼지... 진흙탕 속을 마구 뒹군다.

* 열 살은 새끼 양... 웃고 떠들고 마음껏 뛰어다닌다.

* 열여덟 살은 말... 다 자랐기 때문에 자신의 힘을 자랑하고 싶어한다.

* 결혼하면 당나귀... 가정이라는 무거운 짐을 지고 힘겹게 끌고 가야 한다.

* 중년은 개... 가족을 먹여 살리기 위하여 사람들의 호의를 개처럼 구걸한다.

* 노년은 원숭이... 어린아이와 똑같아지지만 아무도 관심을 가져주지 않는다.

자루

쇠붙이란 것이 처음 만들어졌을 때, 세상에 있는 모든 나무들이 두려움에 떨고 있었다. 그러자 하나님께서 나무들에게 이렇게 안심시켰다.

"결코 걱정할 것이 없느니라. 쇠는 너희들이 자루를 제공하지 않는 한 너희들을 해칠 수 없느니라."

영원한 생명

랍비가 어느 날 붐비는 시장을 찾아가 이렇게 말했다.

"이 시장 안에는 영원히 생명을 약속받을 수 있는 사람이 있소."

그러나 누가 보아도 그럴 만한 사람은 없었다. 그때 두 사람이 랍비가 있는 곳으로 찾아왔다. 그러자 랍비는 "이 두 사람은 많은 선행을 쌓은 사람들이오. 그래서 영원한 생명을 받기에 부족하지 않소." 라고 말했다. 그러자 주위 사람들이 그들에게 물었다.

"당신들은 도대체 무슨 장사를 하는 사람들이오?"

그러자 그들은 다음과 같이 대답했다.

"우리는 광대라오. 쓸쓸한 사람들에게는 웃음을 선사하고, 다투는 사람들에게는 평화를 가져다주지요."

쓸모없는 것은 없다

다윗 왕은 평소에 거미란 놈이 아무 곳에나 거미줄을 치는 더럽고 아무 쓸모가 없는 벌레라고 생각하고 있었다.

그러던 어느 날 전쟁터에서 그는 적군에게 포위되어 빠져나갈 길을 잃었다. 그는 간신히 어느 동굴 속으로 숨어들게 되었는데, 마침 그 동굴 입구에서 거미 한 마리가 거미줄을 치기 시작했다. 곧이어 그를 추격해 온 적군의 병사는 동굴 앞까지 왔으나, 동굴 입구에 거미줄이 쳐져 있는 것을 보고 동굴 안에 사람이 있을 리 없다고 생각하여 그냥 돌아가버렸다.

또, 다윗 왕은 적장이 잠자고 있는 방에 숨어 들어가 적

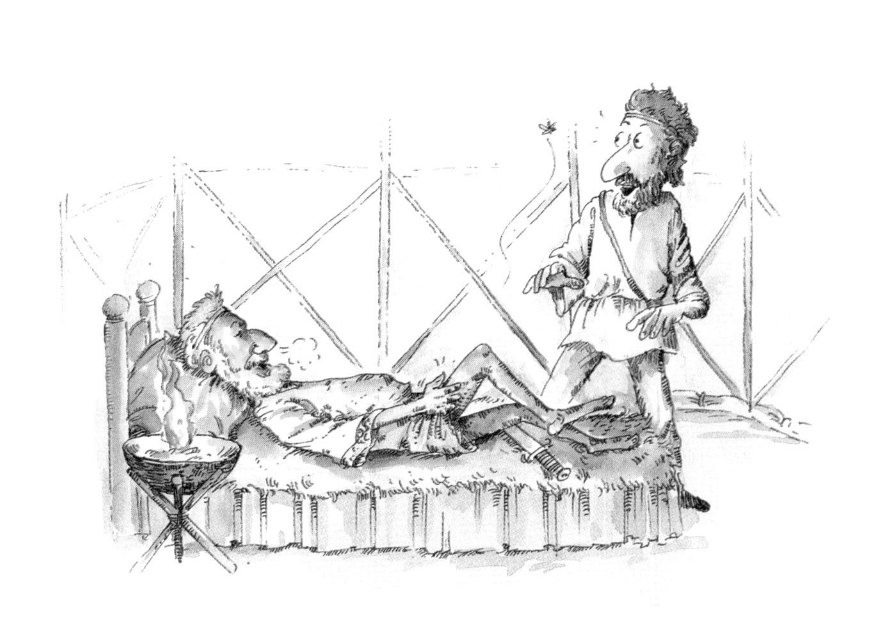

장의 칼을 훔쳐낸 다음, 이튿날 아침에 "내가 당신이 자고 있을 때 칼을 가져왔을 정도이니 마음만 먹었다면 당신의 목을 가져오는 것쯤은 간단히 해낼 수 있었소."라는 말을 전하여 그의 마음을 변하게 하려고 생각하고 있었다.

그러나 기회는 좀처럼 오지 않았다. 그러던 어느 날 밤 가까스로 적장의 침실에 숨어 들어갔는데, 칼이 적장의 다리 밑에 있어서 꺼낼 수가 없었다. 어쩔 수 없이 다윗왕은 단념하고 돌아가려 했다.

바로 그때 모기 한 마리가 날아와 적장의 다리 위에 앉았다. 적장은 무의식 중에 다리를 움직였다. 다윗왕은 그 틈을 이용하여 재빨리 적장의 칼을 빼낼 수 있었다.

그리고 한번은 적군에게 포위되어 위기일발의 순간에 처하자 다윗 왕은 느닷없이 미치광이 흉내를 내었다. 적의 병사들은 설마 저 미치광이가 왕은 아니겠지 생각하고 그냥 지나쳐버렸다.

세상의 어떤 것이라도 쓸모없는 것은 없다. 그러므로 아무리 보잘것없는 것이라도 소홀히 여겨서는 안 되는 것이다.

선행과 쾌락

어떤 배가 항해를 계속하고 있었다. 그러던 중 갑자기 높은 파도가 일고 심한 폭풍우가 몰아쳐 뱃길을 잃고 말았다.

아침이 되자 바다는 다시 고요해졌고, 배는 아름다운 항구가 있는 섬에 닿아 있었다. 배는 항구에 닻을 내리고 잠시 쉬어 가기로 했다.

그 섬에는 가지각색의 아름다운 꽃들이 만발해 있었다. 맛있는 과일들이 주렁주렁 달린 나무들이 신선한 녹음을 드리우고 있었다. 또, 온갖 새들이 즐겁게 지저귀고 있었다.

배를 탄 사람들은 다섯 그룹으로 나뉘었다.

첫째 그룹은, 자신들이 섬에 상륙해 있는 동안에 순풍

이 불어와 배가 떠나버릴지도 모른다고 생각했기 때문에, 아무리 섬이 아름다워도 빨리 자신들의 목적지로 갈 생각으로 아예 상륙조차 하지 않고 배에 남아 있었다.

둘째 그룹은, 서둘러 섬에 올라가 향기로운 꽃향기를 맡고 나무 그늘 아래에서 맛있는 과일을 따 먹고는 기운을 되찾아 곧 배로 돌아왔다.

셋째 그룹은, 섬에 올라가 너무 오래 있다가 순풍이 불어오자 배가 떠나는 줄 알고 당황하여 돌아왔기 때문에 소지품을 잃어버렸고 자신들이 앉아 있던 배 안의 좋은 자리마저 빼앗겼다.

넷째 그룹은, 순풍이 불어 선원들이 닻을 올리는 것을 보았지만, 돛을 달려면 아직 시간이 있으며 선장이 자신들을 남겨 두고 떠나지는 않으리라 생각하고는 그대로 남아 있었다. 그러다가 정말로 배가 항구를 떠나가자 허겁지겁 헤엄을 쳐서 배에 올라탈 수 있었다. 그러느라 바위나 뱃전에 부딪쳐 입은 상처는 항해가 끝날 때까지도 아물지 않았다.

다섯째 그룹은, 너무 많이 먹고 아름다운 경치에 도취되어 배의 출항을 알리는 소리조차 듣지 못했다. 그래서

숲 속의 맹수들의 밥이 되거나 독이 있는 열매를 먹고 병이 들어 마침내 모두 죽고 말았다.

여러분이라면 이 다섯 그룹 중 어디에 속하겠는가?

이 이야기에 나오는 배는 인생에서의 '선행(善行)'을 상징하며 섬은 '쾌락'을 상징하고 있다.

첫째 그룹은, 인생에서 쾌락을 전혀 맛보려고 하지 않았다.

둘째 그룹은, 쾌락을 조금 맛보았으나, 배를 타고 목적지에 가야 하는 의무감을 잊어버리지 않은 가장 현명한 그룹이다.

셋째 그룹은, 쾌락에 지나치게 빠지지 않고 돌아오기는 했으나 역시 고생을 좀 했다.

넷째 그룹은, 결국 선행으로 돌아오기는 했으나 너무 늦어 목적지에 다다를 때까지 상처가 아물지 않았다.

그러나 다섯째 그룹은, 인간이 빠지기 쉬운 함정에 빠져 일생 동안 허영에 매달려 살거나 앞날의 일을 잊어버린 채 사는 사람들로 달콤한 과일 속에 들어 있는 독을 먹고 죽어간 것이다.

애정의 편지

어떤 청년과 아름다운 처녀가 있었다. 두 사람은 사랑에 빠졌다. 청년은 일생 동안 처녀에게 성실히 대할 것을 맹세했다. 그들은 얼마 동안 매사가 잘되어 행복한 나날을 보냈다.

그러던 어느 날 젊은이는 처녀를 남겨 두고 여행길에 나서야만 했다. 처녀는 오랫동안 젊은이가 돌아오기를 기다렸으나, 그는 돌아오지 않았다.

이 처녀의 다정한 친구들은 그녀를 동정했고, 그녀를 시기하고 있던 여자들은 젊은이가 절대로 돌아오지 않을 것이라고 비웃었다.

처녀는 집으로 돌아가 젊은이가 일생동안 성실할 것을

맹세했던 편지들을 보면서 눈물을 흘렸다. 편지는 이 처녀의 마음을 위로해주었고 그녀에게 힘이 되었다.

어느 날 젊은이가 돌아오자, 처녀는 그동안의 슬픔을 그에게 호소했다. 젊은이는 "그렇게 괴로운 시간을 보내면서도 어떻게 나만을 기다리며 정절을 지킬 수 있었소?" 하고 물었다. 그러자 처녀는 이렇게 대답하며 웃었다.

"나는 이스라엘과 같은 몸이에요." 저자 주 이스라엘이 이민족에게 지배를 받고 있을 때, 다른 나라 사람들은 모두 유대인을 비웃었고, 이스라엘이 독립한다는 말을 듣자, 그들은 이스라엘의 현인들을 바보라고 비웃었다. 그러나 유대인은 회당과 학교에서 이스라엘을 굳게 지켜왔다. 유대인들은 하나님이 이스라엘 민족에게 주신 거룩한 약속을 믿고 살아왔다. 하나님이 그 약속을 지켜주셨으므로 이스라엘은 마침내 독립했다. 이 이야기 속의 처녀도 청년이 맹세한 편지를 읽으면서 청년을 믿고, 그가 돌아오기를 기다리고 있었기 때문에 자신이 이스라엘과 같다고 말한 것이다.

하늘 지붕

유대인은 사회 풍습에 따라 남자 아이가 태어나면 삼나무 묘목을 심는다. 그리고 여자 아이가 태어나면 소나무 묘목을 심는다. 그리고 두 사람이 결혼할 때, 그 삼나무 가지와 소나무 가지로 하늘 지붕을 만들어 두 사람을 덮어준다.

신부가 하늘 지붕 밑으로 들어가는 것은 누구나 알고 있으나, 그 다음에 하늘 지붕 밑에서 어떤 일이 일어나는지에 대해 말해서는 안 된다.

값진 이익

몇 명의 랍비들이 악당의 무리들과 마주치게 되었다. 그 악당들은 사람의 피라도 먹어치울 만큼 지독한 인물들이었다. 세상에 그들처럼 잔인하고 간사한 인간들은 아마 없으리라.

어떤 랍비가 그와 같은 인간들은 모두 물에 빠져 죽어 버렸으면 좋겠다고 원망했다. 그러자 그들 가운데 가장 지혜로운 랍비가 다음과 같이 말했다.

"아니오, 유대인으로서 그런 생각을 가진다는 것은 잘못이오. 아무리 그 악당들이 죽어 없어지는 게 낫다 하더라도, 그러한 기도를 하는 것은 잘못이오. 악당들이 죽기를 바라는 것보다는 악당들이 죄를 회개하는 것을 바라야

옳은 일이오."

악당들을 벌하는 것은 우리들에게 아무 이득도 되지 않는다. 악당들로 하여금 스스로 잘못을 회개하게 하거나, 우리 편에 붙게 하지 않는 한 손해가 될 뿐이다.

남겨 놓은 것

인류 최초의 여성은 아담의 갈비뼈 한 개를 빼내어 만들었다고 구약성경은 말하고 있다.

어느 날 로마 황제가 랍비의 집을 찾아갔다.

"하나님은 도둑이야. 왜 남자가 잠자고 있는 사이에 허락도 없이 남의 갈비뼈를 훔쳐 갔소?"

황제가 이렇게 묻자 옆에서 듣고 있던 랍비의 딸이 대화에 끼어들었다.

"황제 폐하, 부하 한 사람만 빌려주십시오. 좀 난처한 일이 생겨서 그것을 알아보려고 합니다."

"그건 별로 어렵지 않지만, 그 난처한 일이란 게 무엇이지?"

황제가 묻자 랍비의 딸이 대답했다.

"사실은 어젯밤 집에 도둑이 들어 금고를 하나 훔쳐 갔습니다. 그런데 그 도둑은 금고 대신에 황금 항아리를 두고 갔습니다. 그래서 왜 그랬는지 조사해보고 싶습니다."

그러자 황제는 이렇게 말했다.

"그래, 그것 참 부러운 일이군. 그런 도둑이라면 내게도 찾아왔으면 좋겠군."

랍비의 딸이 말했다.

"그러실 테죠. 그렇지만 그것은 결국 아담의 몸에 일어났던 사건과 같지 않습니까? 하나님은 갈비뼈 하나를 훔쳐 갔지만, 그 대신에 이 세상에 여자를 남기신 것입니다."

여성상위

착하기로 소문난 어떤 부부가 어쩌다가 이혼을 하게 되었다. 그 후 남편은 곧 재혼했지만 운이 없어서인지 나쁜 여자를 만난 탓으로 새로 얻은 아내처럼 똑같이 나쁜 남자가 되고 말았다.

아내도 이어 재혼했는데, 그녀 또한 나쁜 남자를 만났다. 그러나 새로 얻은 남편은 아내처럼 어질고 선량한 사람이 되었다. 이처럼 남자는 언제나 여자에 의해서 달라지게 마련이다.

은둔자

만일 유대인을 인간 세상에서 격리시켜 10년 동안 오직 공부 한 가지만 하게 한다면, 그는 10년 후에는 하나님께 제물을 바치고 용서를 빌어야 할 것이다. 편역자 주 유대인은 하나님께 지은 죄에 대하여 용서를 빌 때 희생 제물을 바친다.

왜냐하면 아무리 훌륭한 공부라 해도 인간 사회로부터 자기 자신을 고립시키는 것은 하나의 죄악이기 때문이다. 그래서인지 유대인 사회에는 은둔자라곤 없다.

법률

유대인의 법률에는 많은 사람들이 지킬 수 없을 것 같은 법률을 만들어서는 안 된다는 원칙이 있다.

벌거숭이 임금님

착한 마음씨를 가진 부자가 있었다. 그는 데리고 있던 노예를 기쁘게 해주려고 많은 물건을 배에 실어 주면서 어디든지 좋은 곳을 찾아가 부디 행복하게 살라고 했다.

마침내 노예의 배가 넓은 바다로 나아갔을 때 배는 심한 폭풍우를 만나 침몰하고 말았다. 배에 가득 실었던 물건들을 다 잃어버리고 노예는 몸뚱이 하나만 살아남아 가까스로 가까운 섬에 헤엄쳐 도착했다. 그러나 모든 것을 잃은 노예는 커다란 슬픔에 빠져 있었다.

얼마 동안 섬 안을 헤매다가 노예는 큰 마을에 도착했다. 노예는 옷을 하나도 걸치지 않은 알몸뚱이였다. 하지

만 그가 마을에 이르자 마을 사람들은 모두 환호성을 올리며 그를 맞이하여 "임금님 만세!"라고 외쳤다. 그리고 그를 왕으로 추대했다.

노예는 호화스런 궁전에 살고 있는 것이 마치 꿈속에 있는 것만 같은 생각이 들었다. 아무래도 믿기지 않아서 어떤 사람에게 물었다.

"도대체 어찌 된 일인지 말해주게나, 나는 여기에 돈 한 푼 없이 알몸으로 도착했는데 갑자기 내가 왕이 되다니?"

그러자 그 사람이 대답했다.

"우리는 살아 있는 인간이 아니라 영혼이지요. 그래서 1년에 한 번씩 살아 있는 인간이 이 섬으로 찾아와 우리의 왕이 되어주기를 바라고 있습니다. 그러나 조심하십시오. 임금님께서는 1년이 지나면 이 섬에서 쫓겨나 생물도 없고 먹을 것도 없는 섬에 혼자 버려질 것입니다."

왕이 된 노예는 그 사람에게 고맙다는 인사를 했다.

"참으로 고맙소. 그렇다면 지금부터라도 1년 뒤를 대비하여 여러 가지 준비를 해야겠군."

그래서 임금이 된 노예는 사막과 같은 죽음의 섬에 꽃을 심고 과일나무도 심어 1년 뒤를 대비하기 시작했다.

1년이 지나자 노예는 예견한 대로 그 행복한 섬에서 쫓겨났다. 지금까지 사치스런 생활을 하던 왕이었지만, 그가 표류해서 이 섬에 도착했을 때와 똑같이 알몸뚱이의

신세가 되어 죽음의 섬으로 떠날 수밖에 없었다.

사막처럼 황폐했던 섬에 도착해보니 갖가지 꽃이 피고 과일이 열린 살기 좋은 땅이 되어 있었다. 또, 일찍이 그 섬으로 쫓겨 온 사람들도 그를 반갑게 맞아주었다. 그리하여 그는 그 사람들과 함께 행복하게 살 수가 있었다.

이 이야기는 몇 가지의 상징적인 의미를 시사해준다. 앞의 마음씨 착한 부자는 하나님이고, 노예는 인간의 영혼이다. 그 후 노예가 표류하다가 상륙한 섬은 지상의 속세이며, 그 섬 사람들은 인류다. 또, 1년 후 쫓겨 간 섬은 내세일 것이며, 그곳에 있는 온갖 꽃과 과일은 선행의 결과를 나타낸다.

만찬

어떤 왕이 하인들을 위하여 만찬을 베풀겠다고 했다. 그러나 만찬이 열리는 시간은 알려주지 않았다.

그중 현명한 하인은 "임금님께서 하시는 일이니까 만찬은 언제라도 열릴 거야. 그 만찬에 참석할 수 있도록 만반의 준비를 해야지."라고 생각하고 궁전 문 앞에서 기다리고 있었다.

그러나 어리석은 하인은 만찬을 준비하려면 시간이 오래 걸릴 테니 아직도 시간이 넉넉하다고 생각하여 아무 준비도 하지 않았다. 만찬이 열렸을 때, 현명한 하인은 곧 참석하여 맛있는 음식을 먹을 수 있었지만, 어리석은 하인은

만찬에 참석하지도 못했다.

여러분들도 언제 하나님의 부름을 받을지 모른다. 하나님으로부터 만찬에 초대받았을 때 당황하지 않고 참석할 수 있도록 항상 준비를 해야 한다.

육체와 영혼

왕은 '오차'라고 하는 아주 맛있는 열매가 열리는 과일나무를 가지고 있었다. 그래서 두 사람의 경비원을 두어 그 과일나무를 지켰다. 한 사람은 장님이었고, 또 한 사람은 절름발이였다.

그런데 이 두 사람이 한 패가 되어 과일을 따 먹자고 흉계를 꾸몄다. 그리하여 장님이 절름발이를 어깨 위에 올려 앉히면 절름발이는 방향을 가리켜서, 두 사람은 맛있는 과일을 실컷 훔쳐 먹었다.

왕은 몹시 노하여 두 사람을 심문했다. 장님은 앞을 볼 수가 없기 때문에 자신은 과일을 따 먹을 수 없다고 변명했고, 절름발이는 저렇게 높은 곳에 자신이 어떻게 올라가

과일을 따 먹을 수 있겠느냐고 반문했다.

그것도 그렇겠다고 생각하면서도 왕은 두 사람의 말을 믿지 않았다. 이것은 어떤 일을 처리할 때 둘의 힘은 하나의 힘보다 훨씬 위대하다는 것을 보여주는 비유다.

사람은 육체만으로는 아무것도 할 수 없으며, 정신만으로도 아무것도 할 수 없다. 따라서 육체와 정신의 힘이 합쳐져야 비로소 좋은 일이든 나쁜 일이든 해낼 수가 있다.

잃어버린 물건

한 랍비가 로마에 갔을 때 그곳 거리에는 공고문이 나붙어 있었다. 그 공고문에는, "왕비께서 대단히 귀한 보석을 잃어버렸다. 30일 이내에 그것을 찾아주는 자에게는 많은 상금을 주겠지만, 만일 30일이 지난 뒤 그것을 소유한 자가 발견되면 즉시 사형에 처할 것이다."라고 쓰여 있었다.

랍비는 우연히 그 보물을 발견하게 되어 31일째 되는 날 그것을 가지고 가서 왕비 앞에 바쳤다. 그러자 왕비가 "당신은 한 달 전 공고문을 발표했을 때 이곳에 있었나요?"라고 물었다. 랍비는 그렇다고 대답했다.

"30일이 지난 뒤에 이것을 가져오면 당신이 어떤 처벌

을 받는지도 알고 있나요?"

왕비의 물음에 랍비는 그것도 알고 있다고 대답했다. 왕비는 다시 안타깝게 물었다.

"그러면 어째서 30일이 지나도록 이것을 지니고 있었나요? 만일 어제만 가져왔어도 당신은 많은 상금을 받을 수 있었을 것이에요. 당신은 목숨이 아깝지도 않나요?"

그러자 랍비는 이렇게 대답했다.

"만일 30일 이전에 이 물건을 되돌려드렸다면, 뭇사람들은 내가 왕비님을 두려워하거나 존경을 표하기 위하여 가져왔다고 오해할 것입니다. 내가 오늘까지 기다렸다가 이것을 가져온 것은, 나는 결코 왕비님을 두려워하지 않는다는 사실을 말씀드리고 싶어서입니다. 내가 두려워하는 것은 오직 하나님뿐이라는 것을 많은 사람들에게 가르쳐 주고 싶었습니다."

이 말을 들은 왕비는 "훌륭하신 하나님을 가진 당신에게 깊은 경의를 표하오."라고 말하며 진정으로 감사해했다.

희망

랍비 아키바가 여행을 하고 있었다. 그는 작은 등을 하나 가지고 있었으며, 나귀와 개가 그의 길동무가 되었다.

날이 저물어 어둠이 깔리자, 아키바는 헛간 한 채를 언어 그곳에서 잠을 자기로 했다. 그러나 아직 잠을 자기에는 이른 시간이었다. 그는 등불을 붙여 놓고 책을 읽기 시작했는데 바람이 불어 등불이 꺼졌다. 그래서 랍비는 하는 수 없이 잠을 청했다. 그가 잠을 잔 그날 밤에 여우가 그의 개를 물어가버렸고, 사자가 그의 나귀마저 죽여버렸다.

아침이 되자, 그는 할 수 없이 등만을 가지고 혼자 길을 떠났다. 어떤 마을엔가 도착했을 때, 그 마을에는 사람이

라고는 그림자도 찾아볼 수가 없었다. 그는 전날 밤 도둑들이 이 마을에 들이닥쳐 집을 파괴하고 마을 사람들을 몰살시켰다는 것을 알게 되었다.

만일 등불이 바람에 꺼지지 않았다면, 그도 도둑들에게 들켰을 것이다. 그리고 만일 개가 살아 있었다면, 개가 짖어대어 도둑들이 몰려왔을 것이고, 또 나귀도 역시 소란을 피웠을 것이다. 결국 그는 그가 가지고 있던 모든 것을 잃어버린 덕분에 살아남을 수 있었다.

랍비 아키바는 '아무리 최악의 상황에서라도 인간은 희망을 잃어서는 안 된다. 나쁜 일이 좋은 일로 바뀌는 일도 없지 않다는 사실을 알아야 한다.' 는 것을 깨달았다.

반(反)유대인

로마의 여러 황제 중에서 유대인을 제일 미워한 하드리아누스라는 황제가 있었다. 어떤 유대인이 하드리아누스 황제 앞을 지나가게 되었다. 그리고 황제에게 인사를 했다.

"폐하, 안녕하셨습니까?"

황제는 물었다.

"너는 누구냐?"

그가 "유대인"이라고 대답하자 황제는 부하들에게 명령했다.

"당장 저놈의 목을 베어라."

이튿날 또 다른 유대인 하나가 황제 앞을 지나가게 되

었다. 그는 황제에게 인사도 하지 않은 채 지나쳤다. 그러자 황제가 명령했다.

"로마 황제에게 경의를 표하지 않는 저 불경한 놈의 목을 쳐라."

그러자 옆에 있던 신하들이 황제에게 물었다.

"폐하께서는 어제 인사한 사람을 죽이셨는데, 오늘은 인사를 하지 않은 사람을 또 죽이셨습니다. 도대체 어찌된 연유입니까?"

황제가 대답했다.

"내가 한 일은 양쪽이 다 옳다. 그대들은 잘 모르는 일이지만, 나는 유대인을 다루는 방법을 알고 있지."

아무튼 유대인이 어떤 행동을 하든지 반유대인이었던 황제 하드리아누스가, 유대인이란 이유만으로 유대인을 죽였다는 가슴 아픈 이야기다.

암시

어떤 로마의 장교가 랍비를 만났다. 그리고 물었다.

"유대인은 매우 현명하다는 말을 들었소. 오늘 밤에 내가 무슨 꿈을 꾸게 될지 알려줄 수는 없겠소?"

당시 로마의 가장 큰 적은 페르시아였다.

"페르시아군이 로마를 습격하여 로마군을 대파하고 로마를 지배하여, 로마 사람들을 노예로 삼아 로마 사람들이 제일 싫어하는 일을 시키는 꿈을 꿀 것이오."

이튿날 로마의 장교가 다시 랍비를 찾아와서 물었다.

"어떻게 당신은 내가 꾸게 될 꿈을 미리 예언할 수 있었소?"

꿈이란 암시에서 비롯된다는 것을 그 장교는 몰랐고, 자신이 암시에 걸려 있었다는 것조차도 모르고 있었다.

팬터마임

로마의 황제가 제일 위대한 랍비와 가깝게 지내고 있었다. 왜냐하면 두 사람의 생일이 똑같았기 때문이었다.

두 나라의 관계가 그다지 좋지 않을 때도, 두 사람은 친분 관계를 유지하고 있었다. 그러나 황제가 랍비와 절친하다는 사실은 두 나라의 관계로 보아 과히 좋은 일은 아니었으므로, 황제가 랍비에게 무엇을 물으려 할 때는 제삼자를 통해 의견을 구해야 했다.

어느 날 황제는 랍비에게 편지를 보내 물었다.

"나는 성취하고 싶은 것이 2가지 있는데, 첫째는 내가 죽은 뒤 내 아들을 왕위에 오르게 하는 것이고, 둘째는 이

스라엘의 티베리아스라는 도시를 자유관세도시로 만드는 것이오. 나는 이 가운데 하나밖에 성취할 자신이 없는데 이 2가지를 모두 이룰 수 있는 길은 없겠소?"

그 당시는 두 나라의 관계가 악화일로에 처해 있었기 때문에 황제의 물음에 랍비가 대답을 했다는 사실이 알려지면 국민들에게 큰 악영향을 끼칠 것은 자명한 일이었다. 그래서 랍비는 황제의 물음에 대답을 보낼 수가 없었다.

편지를 전달한 사자가 돌아오자, 황제는 다급하게 물었다.

"그래, 랍비가 보고 뭐라고 했느냐?"

사자가 대답했다.

"랍비는 편지를 읽은 뒤 자신의 아들을 목말을 태워 아들로 하여금 비둘기를 하늘로 날려 보내게 했습니다. 그 밖에는 아무 말도 하지 않았습니다."

황제는 먼저 왕위를 아들에게 물려주고, 아들로 하여금 자유관세도시를 만들게 하면 된다는 랍비의 뜻을 알 수 있었다.

황제가 보낸 사자가 또 랍비를 찾아왔다. 이번 질문은

"나라의 신하들이 내 마음을 괴롭히고 있는데 어떻게 하면 좋겠소?" 였다.

랍비는 역시 아무 말도 하지 않고 밭으로 나가 채소 한 포기를 뽑아 왔다.

잠시 후 다시 밭에 나가 한 포기를 뽑아 오고, 잠시 후에 또 한 포기를 뽑아 오는 것이었다. 황제는 랍비가 말하려는 뜻을 알 수 있었다.

그 뜻은 이러했다. 적들을 한 번에 일망타진하려 하지 말고 몇 번에 나누어 한 사람 한 사람 제거하라는 것이었다. 인간의 의사는 이처럼 말이나 글에 의존하지 않아도 충분히 나타낼 수 있다.

마음의 역할

인간의 육체는 마음에 의해 좌우된다. 마음은 보고, 듣고, 걷고, 서고, 굳어지고, 부드러워지고, 기뻐하고, 슬퍼하고, 화내고, 무서워하고, 거만해지고, 설득되어지고, 증오하고, 사랑하고, 질투하고, 부러워하고, 사색하고, 반성한다.

그렇기 때문에 세상에서 제일 강한 인간은 자신의 마음을 스스로 조종할 수 있는 인간이다.

간절한 기도

어떤 배에 각국에서 온 사람들이 함께 타고 있었다. 그런데 갑자기 폭풍이 몰아쳤다. 사람들은 제각기 자기 나라에서 자신이 믿고 있는 신에게, 자신의 방식대로 기도하기 시작했다. 그러나 폭풍은 점점 더 심해질 뿐이었다.

그러자 사람들은 일제히 유대인을 나무랐다.

"당신은 어째서 기도를 하지 않는 것이오?"

많은 사람들로부터 비난을 받은 유대인이 기도를 하기 시작하자 신기하게도 폭풍은 곧 잠잠해졌다. 배가 항구에 닿자 사람들이 물었다.

"우리가 정성껏 기도할 때는 아무런 효과도 없었는데,

당신이 기도를 하자 폭풍이 잠잠해지니 도대체 어찌된 영문이오?"

그러자 유대인이 대답했다.

"나도 잘 모르는 일입니다. 그러나 여러분들은 제각기 여러분들의 고장에서 믿고 있는 신에게 기도를 했습니다. 바빌로니아 사람은 바빌로니아 신에게 기도하고, 로마 사람은 로마 신에게 기도했습니다. 그런데 바다는 어느 나라에도 속해 있지 않습니다. 우리 유대의 신은 우주 전체를 지배하시는 위대한 신이기 때문에, 바다에서 기도한 나의 소원을 들어주신 것으로 믿습니다."

암시장

어떤 현명한 재판관이 있었다. 어느 날 시장 거리를 거닐던 그는 많은 장물들이 그곳에서 거래되고 있다는 사실을 알아내었다. 그는 많은 사람들과 도둑들에게 경종을 울려주기 위해서는 어떤 시위가 필요하다고 생각했다.

그는 족제비 한 마리에게 작은 고깃덩이 하나를 주었다. 그러자 족제비는 고깃덩이를 물고 곧 자신의 작은 굴로 가 감추었다. 사람들은 족제비가 고깃덩이를 감춘 곳을 쉽게 알 수가 있었다.

재판관은 족제비의 작은 굴을 막아 버린 다음, 이번에는 더 큰 고깃덩이를 족제비에게 주었다. 그러자 족제비는 고깃덩이를 문 채 재판관 앞으로 돌아왔다. 족제비는 자신이 갖고 있는 고깃덩이를 처치할 수 없게 되자 그 고기를 주었던 사람에게 다시 가지고 돌아온 것이다.

이 광경을 지켜본 사람들은 시장으로 달려가 시장에 있는 물건들을 조사해보고 자신들이 도둑맞은 물건들이 시장에서 팔리고 있다는 사실을 알게 되었다.

시집가는 딸에게 현명한 어머니가

사랑하는 딸아, 네가 만일 남편을 왕처럼 받든다면, 네 남편은 너를 여왕처럼 모실 것이다. 그러나 네 행동거지가 마치 하녀 같으면 네 남편은 너를 하녀처럼 다룰 것이다. 만일 네가 너무 자존심을 내세워 남편에게 봉사하기를 꺼려한다면, 남편은 힘으로 너를 하녀로 만들고 말 것이다.

네 남편이 자기 친구를 방문하게 될 때는 반드시 목욕을 하고 옷차림을 단정하게 하여 나가게 도와라. 그리고 남편의 친구가 집에 찾아오거든, 갖은 정성을 다하여 극진히 대접하여라. 그렇게 하면 남편은 너를 아주 소중하고 고맙게 생각할 것이다.

항상 가정을 위해 마음을 쓰고, 특히 남편의 소지품을 소중하게 다루어라. 그렇게 하면 남편은 네 머리 위에 왕관을 기쁜 마음으로 바칠 것이다.

'10' 이란 숫자

내가 어떤 사람을 놓고 일부러 모함하는 말을 하여 그의 마음에 상처를 입혔다고 가정하자. 그런 다음에 그 사람을 만나게 되었을 때 "지난번에는 너무 흥분한 나머지 지나친 말을 하여, 본의 아니게 당신의 마음을 아프게 해서 정말 미안하다."고 사과를 할 수는 있다. 그래도 상대편이 용서해주지 않을 때는 어떻게 하면 좋겠는가? 그가 말하기도 싫어하고, 보기조차 싫어한다면 어떻게 용서를 받을 수 있을까?

이런 경우를 당하면 유대인들은 "나는 며칠 전에 어떤 사람에 대해서 도리에 어긋나는 말을 하여 그의 체면을 손상시켰기 때문에, 그에게 사과하러 찾아갔으나 그는 나를 용서하지 않습니다. 나는 진심으로 잘못을 후회하고 있는데, 여러분은 내 잘못을 용서해줄 수 있겠습니까?" 하고 열 사람에게 물어서 그 열 사람이 모두 용서해준다고 하면 용서를 받게 된다.

만약 모욕을 당한 상대가 죽어버려서 사죄할 수 없게 되면, 10명의 사람들을 무덤 앞에 데려가서 무덤을 향해 그 사람들 앞에서 용서를 빌지 않으면 안 된다.

편역자 주 유대인은 사람과 사람 사이의 '용서'를 상당히 귀중하게 여긴다. "땅에서 매면 하늘에서도 매이고, 무엇이든지 땅에서 풀면 하늘에서도 풀린다."(마 18:18)는 사상을 갖고 있다. 따라서 하나님에게 예물을 드리기 전에도 먼저 형제와 화해를 하고 예물을 드려야 한다(마 5:24). 그리고 유대인이신 예수님이 가르쳐주신 기도문에도 "우리가 우리에게 죄 지은 자를 사하여 준 것같이 우리 죄를 사하여 주옵시고……."(마 6:12)라고 쓰여 있다. 그리고 여기에서 열 사람은 13세 이상의 남자여야 한다. 또, 이방인에게 용서를 빌 경우에는 그 이방인과 동일한 민족의 사람들 10명에게 용서를 구해야 한다. 이런 절차를 거치면 당사자는 용서를 하지 않는다고 해도 하나님은 용서를 해주신다.

그런데 '10' 이란 숫자가 나온 이유는, 유대교의 회당에서는 기도드릴 때 10명 이상의 사람이 있어야 기도가 성립되기 때문이다. 9명 이하의 수는 개인이고, 10명이 되어야 비로소 집단으로 인정한다.

정치적 결정만이 아니라 종교적인 공식 결정도 역시 열 사람 이상이 참석해야 한다. 결혼식에도 사적인 결혼식과 공적인 결혼식이 있는데, 공적인 결혼식은 열 사람 이상이 되지 않으면 거행하지 못한다.

편역자 주 여기에서 유대인이라고 해서 아무나 '10' 이란 숫자에 들어갈 수 있는 것이 아니다. 여자나 어린이는 안 된다. 오직 13세 생일에 성년식을 치른 남자여야 한다.*

그 밖에 동양에서 4를 사(死)로 발음하여 꺼리는 것처럼 특별히 꺼리는 숫자는 달리 없다. 그러나 기피하는 날은 있다. 역사적으로 여름의 어느 날로 특별히 같은 재앙이 반복하여 일어난 날이다. 예루살렘 성전이 기원전 586년 바빌로니아에 의해, 그리고 기원후 73년 로마에 의해 파

---

* 편역자의 저서 《잃어버린 지상명령 쉐마》 제2권 제4부 제2장 '쉐마와 유대인의 성년식' 참조.

괴된 날이 같은 날이었다. 모두 500년쯤 된 건물이었다.

1492년에 가톨릭교회에 의해 유대인이 스페인에서 추방당했는데 그날도 똑같은 날이었다. 모세가 십계명 돌판을 깨뜨린 것도 똑같은 날이다. 또, 내가 처음 직업을 잃은 날도 똑같은 날이다. 히브리 달력에 '아' 자(字)가 붙은 달의 9일째인데, 대략 양력 8월 1일경이 된다. 그날은 아무것도 먹어서는 안 되고, 마셔서도 안 된다. 해가 떠오르고 해가 지기까지 아무것도 입에 넣어서는 안 된다.

회당 안에서는 언제나 의자에 앉지만 이날은 바닥에 앉아야 한다. 바로 부친이 죽었을 때와 똑같은 것이다. 유대인은 슬퍼하고 있을 때는 의자에 앉지 않고 바닥에 앉는다. 장례식에서는 음악을 연주하고 촛불 빛으로 일을 한다.

이날에는 어디를 가나 가죽 구두를 신어서는 안 된다. 가죽 구두는 자아(自我)의 상징이기 때문이다. 회교도가 회교 사원에 참배할 때 구두를 들고 가는 것은 유대인의 습관을 본뜬 것이다. 이스라엘에서는 자신의 부친이 죽었을 때 절대 구두를 신어서는 안 된다. 일주일 동안은 자신의

▌유대인이 13세에 치르는 성년식을 히브리어로 '바미 찌바'라고 하는데 '율법 맡은자'란 뜻이다. 성년식을 치르면 성인으로서의 특권과 의무가 따른다. [자세한 내용은 《잃어버린 지상명령 쉐마》(쉐마, 2006), 제2권 제4부 제2장 '쉐마와 유대인의 성년식' 참조]

▌유대인은 성전이 파괴된 고난의 티사바브 절기 동안 고난의 역사를 기억하기 위하여 금식을 하며 예레미야 애가를 계속 반복하여 읽는다. 읽을 때 편안한 의자에 앉지도 않고 바닥에 쭈그리고 앉아 읽는다.

일을 생각해서는 안 된다.

거울을 보게 되면 아무래도 자신의 얼굴이 비춰져서 자신의 일을 생각하게 되므로 거울을 전부 떼어내어 감추어 버린다. 구두를 벗는 것은 자신보다도 더욱 위대한 것이 있다는 것을 생각하게 하기 위해서다. 정월 초하루에서 10일째 되는 날은 이스라엘의 가장 거룩한 날이다. 편역자 주 유대인의 신년 절기와 대속죄일을 말한다. 이날도 구두를 신지 않는다.

이날(성전이 파괴당한 날)은 독립하기까지 참으로 슬픈 날이었다. 성전이 파괴당한다는 것은 독립을 잃는 것이 된다. 따라서 이스라엘이 독립하기까지 이날이 가장 슬퍼해야 하는 날이었다(현재는 이스라엘이 독립을 했기 때문에 이날을 없애야 한다는 의견도 있다).

편역자 주 유대인의 성전이 파괴당한 날은 유대 달력(한국의 음력)으로 아브월 9일이다. 유대인은 고난의 역사를 철저하게 기억시키는 교육을 한다.*

* 자세한 내용은 편역자의 저서 《IQ는 아버지 EQ는 어머니 몫이다》. 제3권 제7부 제4장 I. 1. B. '티샤 바브(Tishah B' Av)' 참조.

사랑

솔로몬 왕에게는 매우 아름답고 현명한 딸이 하나 있었다. 왕은 어느 날 꿈을 꾸고 장래 딸의 신랑 될 사람이 딸과는 어울리지 않는 못된 사람이란 것을 짐작하게 되었다.

그래서 왕은 하나님의 뜻을 알아보기 위하여 딸을 작은 섬으로 옮기고 별궁에 감금시켜 놓았다. 별궁의 주변에는 높은 담을 둘러치고 경비병까지 여럿 배치해 놓은 뒤 열쇠를 가지고 돌아왔다.

한편, 그 일이 있은 뒤 왕이 꿈속에서 보았던 녀석은 어느 광야에서 왕의 딸을 찾으려고 홀로 헤매고 있었다. 밤이 되자 몹시 추웠기 때문에, 그는 죽은 사자의 시체 속에

들어가 잠을 잤다. 그때 큰 새가 날아와서 사자의 털가죽과 함께 그 녀석을 물어 올려 공주가 숨겨져 있는 별궁 안에 떨어뜨렸다. 그래서 그 녀석은 공주를 만나게 되었고, 두 사람은 곧 사랑에 빠지게 되었다.

사랑은 모든 것을 초월하는 것이기 때문에 아무리 먼 섬으로 데려가 숨겨 놓더라도 소용이 없는 것이다.

비(非)유대인

하나님은 비유대인이었으나 유대인으로 개종한 유대인을 좋아하신다. 어떤 왕이 많은 양들을 가지고 있었는데, 양치기를 시켜 그 양들을 매일 방목하게 했다.

그러던 어느 날, 양과는 판이하게 생긴 동물 한 마리가 양 떼 속에 끼어들었다. 양치기는 왕에게 고했다.

"이상한 동물 한 마리가 양 떼 속에 끼어들었는데, 어떻게 해야 할까요?"

그러자 왕은 "그 동물을 각별히 잘 보살펴주어라."라고 일렀다. 양치기가 알 수 없다는 표정을 짓자 왕이 말했다.

"내 양들은 처음부터 내 양으로 자랐으므로 별 걱정할

것이 없지만, 그 짐승은 지금까지 전혀 다른 환경에서 자랐을 텐데도 이렇게 내 양들과 똑같이 어울려 행동하고 있으니, 그 얼마나 기쁜 일이냐?"

유대인들은 태어날 때부터 유대인의 전통 속에서 성장해왔다. 그래서 유대의 전통이 아닌 다른 환경에서 성장한 사람이 유대 문화를 이해하고 유대화한 경우에는, 원래 유대인보다 더 존경을 받게 된다.

탈무드에는 온 세상 사람들이 어떤 신앙을 가지고 있든지, 선한 사람은 구원을 받을 수 있으므로 구태여 그들을 유대화시키려고 애쓰지 않는다고 적혀 있다. **편역자 주** 탈무드에 유대인은 비유대인에게 하나님이 주신 거룩한 '토라(성경 말씀)'를 주지(가르치지) 말라고 쓰여 있다.

꿈

어떤 사람이 이웃집 여인을 짝사랑하여 한번 성관계를 갖기를 바라고 있었다. 그러던 어느 날 밤 꿈에서 그는 드디어 그 여인과 성관계를 맺는 데 성공했다.

탈무드에 의하면 그것은 길조(吉兆, 좋은 조짐)다. 왜냐하면 꿈이란 간절한 소망이 나타난 표현이므로, 그가 실제로 성관계를 가졌다면 그런 꿈을 꿀 이유가 없기 때문이다. 즉, 이것은 스스로 자기 자신을 그만큼 자제하고 있다는 증거이기 때문에 매우 좋은 일인 것이다.

바보 어버이

어떤 사람이 아들에게 유서를 남겼다.

"나의 전 재산을 아들에게 물려줄 것인지만, 아들이 정말 바보가 되기 전에는 유산을 물려줄 수 없다."

이 소식을 들은 랍비가 그 사람에게 이유를 물었다.

"정말 이해할 수 없는 유언을 남겼군요. 당신의 아들이 정말 바보가 되지 않는 한 재산을 물려줄 수 없다니, 도대체 무슨 까닭입니까?"

그러자 그 사람은 아무 말 없이 갈대를 입에다 물고 괴상한 울음소리를 내며 마루 위를 엉금엉금 기어 다니는 것이었다. 그의 행동은 자기 아들이 아이를 낳아 그 자식을 귀여워하면 자신의 전 재산을 상속시켜 준다는 것을 암시하는 것이었다.

"자식이 태어나면 인간은 바보가 된다."는 속담은 여기에서 비롯된 것이다.

유대인에게 자식은 매우 소중한 존재로서, 부모들은 자식을 위하여 모든 것을 희생한다. 하나님이 유대민족에게 십계명을 내리실 때, 반드시 그것을 지킬 것이라는 맹세를 그들로부터 받으려고 했다.

그래서 유대인들은 그들의 위대한 조상인 아브라함과 이삭과 야곱의 이름을 걸고 반드시 십계명을 지키겠노라고 맹세했지만, 하나님은 허락하지 않으셨다. 그래서 유대인들은 앞으로 손에 넣게 될 모든 부귀를 걸고 맹세했지만 하나님은 역시 허락하지 않으셨다.

결국 끝에 가서, 유대인들이 자식들에게 반드시 십계명을 전하겠노라고 자식들을 앞세워 맹세하자 비로소 하나님은 '좋다' 고 허락하셨다.

교육

가장 이름난 랍비가 북쪽 마을을 돌아보기 위하여 두 사람의 랍비를 시찰관으로 보냈다. 두 랍비가 그 마을에 도착하여 "이 마을을 지키고 있는 사람을 만나서 좀 알아볼 것이 있다."고 하자 치안(治安) 책임자가 나왔다. 두 랍비가 "아니오, 우리는 이 마을을 지키고 있는 사람을 만나고 싶은 것입니다."라고 하자, 이번에는 마을의 수비대장이 나왔다. 그러자 두 랍비는 이렇게 말했다.

"우리가 만나려는 사람은, 치안 책임자나 수비대장이 아니라 학교의 선생님이란 말이오. 경찰이나 군인은 마을을 파괴할 뿐이고, 진정 마을을 지키는 사람은 교육을 맡고 있는 선생님이기 때문이오."

자제력

어떤 왕이 병이 들었다. 의사는 세상에서 보기 드문 병이어서 왕이 나으려면 암사자의 젖을 먹어야만 한다고 말했다. 그러나 어떻게 암사자의 젖을 구하느냐가 문제였다.

그런데 어떤 영리한 사람이 사자가 있는 동굴 가까이에 가서 사자 새끼를 한 마리씩 어미 사자에게 넣어 주었다. 열흘쯤 지나자, 그 사람은 어미 사자와 친하게 되었다. 그래서 그는 왕의 병에 쓸 암사자의 젖을 조금씩이나마 짜낼 수가 있었다.

왕궁으로 돌아오는 길에, 그는 자기 몸의 각 부분이 서로 말다툼을 하고 있는 꿈을 꾸었다. 그것은 몸 안에서 어

느 부분이 가장 중요한 일을 맡고 있는가에 대한 언쟁이었다.

발은 자신이 아니었더라면 사자가 있는 동굴까지 갈 수 없었을 것이라고 말했다. 눈은 자신이 아니었다면 볼 수가 없어서 그곳까지 가지도 못했을 것이라고 주장했고, 심장은 자신이 아니었다면 힘이 없어서 감히 사자 가까이에 가지도 못했을 것이라고 말했다. 혀는 이렇게 말했다.

"만약 내가 말을 할 수 없으면 너희는 아무런 소용도 없을 것이야."

그러자 몸 안의 각 부분들이 모두 나서서 혀를 윽박질렀다.

"뼈도 없고 아무 소용도 없는 조그만 것이 건방지게 굴지 마."

혀는 아무 말도 못했다.

그런 가운데 사자의 젖을 구한 그 사람이 궁전에 도착하자 혀는 이렇게 말했다.

"누가 제일 중요한지를 너희에게 알려주마."

그 사람이 왕 앞에 엎드려 젖을 내놓자 왕이 물었다.

"이것이 무슨 젖이냐?"

그 사람은 느닷없이 이렇게 대답했다.

"네, 개의 젖이옵니다."

조금 전까지 혀를 윽박지르던 몸의 각 부분들은 그제서야 혀의 힘이 얼마나 큰지 깨닫고, 혀에게 잘못을 빌었다.

혀는 그 말을 듣고 이렇게 말했다.

"아니오, 제가 잘못 말을 했습니다. 이것은 틀림없는 암사자의 젖이옵니다."

중요한 대목에서 자제력을 잃게 되면 엉뚱한 잘못을 저지르게 된다는 것을 깨닫게 해주는 이야기다.

감사

이 세상 최초의 인간이었던 아담은 빵을 먹기 위하여 얼마나 많은 일을 해야 했을까. 먼저 밭을 갈아 씨를 뿌리고, 그런 뒤 그것을 가꾸어 거두어들여서 빻아 가루로 만들고, 반죽하고, 굽는 등 15단계의 과정을 거치지 않고는 안 되었을 것이다.

그러나 지금은 돈만 있으면 빵집에서 만들어 놓은 빵을 손쉽게 살 수 있다. 옛날에는 혼자서 해야 했던 15단계의 일들을 여러 사람이 나누어 하고 있기 때문이다. 그러므로 빵을 먹을 때는 많은 사람들에게 감사하는 마음을 잊으면 안 된다.

최초의 인간은 입을 옷 하나를 만들기 위하여 얼마나

많은 일을 해야 했을까. 들에 가서 양을 사로잡아 그것을 키워 털을 깎고, 그 털로 실을 만들어 옷감을 짜고, 그것으로 다시 옷을 지어 입기까지는 많은 수고가 필요했을 것이다.

그런데 지금은 돈만 있으면 양복점에서 마음에 드는 옷을 사 입을 수 있다. 옛날에는 한 사람이 해야 했던 많은 일들을 여러 사람이 나누어 하고 있기 때문이다. 그러므로 옷을 입을 때는 많은 사람들에게 감사하는 마음을 잊어서는 안 된다.

병문안

환자를 찾아가 위로하면 그 환자의 병은 60분 동안은 호전된다. 그렇다고 60명이 일시에 병문안을 간다고 해서 환자의 병이 단번에 완쾌되는 것은 아니다.

죽은 사람의 무덤을 찾는 것은 가장 고상한 행위다. 병문안은 환자가 나으면 그 사람으로부터 감사의 인사를 받을 수 있지만, 죽은 사람에게서는 아무런 인사도 받을 수 없기 때문이다.

감사를 바라지 않고 하는 행위야말로 진정으로 아름다운 행위인 것이다.

결론

탈무드에는 4개월이나 6개월, 때로는 7년이란 오랜 기간에 걸쳐 어떤 문제에 관하여 사람들이 의문을 제기하고 토론했다는 이야기가 기록되어 있다. 그래도 그 가운데 더러는 결론이 나지 않은 것들도 있다.

이런 논제의 말미에는 "모른다."라고 써놓았다. 이것은 알 수 없을 때는 "모른다."라고 말해야 한다는 것을 가르쳐 주는 교훈이다.

또, 탈무드에는 어떤 문제에 관하여 갖가지의 결정을 내린 것들도 있는데, 그곳에는 반드시 소수의 다른 의견들도 같이 소개되어 있다. 소수의 다른 의견은 적어 두지 않으면 곧 사라져버리기 때문이다.

강한 자와 약한 자

이 세상에는 약하면서도 강자에게 공포감을 느끼게 하는 것이 4가지가 있다.

모기는 사자에게 공포감을 주고,

거머리는 코끼리에게 공포감을 주고,

파리는 전갈에게 공포감을 주고,

거미는 매에게 공포감을 느끼게 한다.

아무리 크고 힘이 센 자라도, 항상 막강한 것은 아니다. 또, 아무리 약한 것이라도, 어떤 조건만 갖추어지면 강한 자를 이길 수 있는 것이다.

7가지 계율

탈무드 시대의 유대인들은 흔히 비(非) 유대인들과 더불어 일하고 평소 생활을 함께하기도 했다.

유대인에게는 하나님이 지키라고 명령하신 613가지의 율법이 있다. 유대교에서는 굳이 비유대인을 유대화하려 하지 않았기 때문에, 그들에게 선교사를 보내는 일은 하지 않았다. 다만 서로의 평화로운 관계를 유지하기 위하여 하나님이 비유대인들에게는 다음의 7가지 율법만을 지키라고 주셨다고 믿는다.

첫째, 살아 있는 동물을 죽여서 바로 날고기로 먹지 마라.

둘째, 남을 욕하지 마라.

셋째, 도둑질하지 마라.

넷째, 법을 어기지 마라.

다섯째, 살인을 하지 마라.

여섯째, 근친상간(近親相姦)을 하지 마라.

일곱째, 불륜한 관계를 갖지 마라.

하나님(1)

어떤 로마인이 랍비를 찾아와서 이렇게 물었다.

"당신들은 하나님 이야기만 하고 있는데, 도대체 그 하나님이 어디에 있는지 가르쳐주시오. 가르쳐주면 나도 하나님을 믿겠소."

랍비는 물론 이 심술궂은 질문을 못 들은 척할 수가 없었다. 그래서 랍비는 그 로마인을 밖으로 데리고 나가 태양을 가리키며 말했다.

"저 태양을 똑바로 쳐다보시오."

로마인은 태양을 잠깐 쳐다보고는 소리쳤다.

"엉터리 같은 소리 집어치우시오! 어떻게 태양을 똑바

로 쳐다볼 수 있단 말이오."

그러자 랍비는 다음과 같이 말했다.

"당신이 하나님께서 창조하신 많은 것들 가운데 하나인 태양조차 바로 볼 수가 없는데, 어떻게 위대하신 하나님을 눈으로 볼 수 있겠소."

하나님(2)

영어나 프랑스어로도 '하나님' 이란 말은 하나밖에 없다. 그러나 유대인의 경우에는 20개 이상이나 있다. **편역자 주** 예를 들어 엘로힘, 여호와, 엘사다이 등이 있다. 그렇다고 유대교가 다신교는 아니다. 유일신 하나님을 믿는 종교다.

작별 인사

어떤 사람이 긴 여행을 계속한 탓으로 몹시 지치고 굶주림과 갈증에 시달리고 있었다. 그 사람은 사막을 한참 걸어 간신히 나무가 자라고 있는 오아시스에 이르렀다.

그는 나무 그늘에서 지친 몸을 쉬며 굶주린 배를 과일로 채우고, 시원한 물로 갈증을 푼 다음 안도의 한숨을 내쉬었다. 그러나 그는 여행을 계속하기 위하여 다시 길을 떠나야만 했다.

그는 그늘을 준 나무에게 감사하며 작별 인사를 했다.

"나무야, 정말 고맙구나. 나는 무엇이라고 고마운 마음을 전해야 할지 모르겠다. 네 과일이 맛있게 되기를 빌고

싶지만, 네 그늘은 이미 충분히 시원하고, 네가 더욱 잘 자라도록 충분한 물이 있기를 빌고 싶지만, 너에게는 이미 충분한 물이 있구나. 그러니 내가 너를 위하여 할 수 있는 것은 오직 네가 더욱 많은 열매를 맺게 되고, 그 열매가 많은 나무들이 되어 너와 똑같이 아름답고 훌륭한 나무로 자라기를 비는 것밖에 없구나."

여러분들이 작별하는 사람에게 무엇인가를 기원하고 싶을 때, 그 사람이 더욱 현명해지기를 빌고 싶어도 이미 현명하고, 부자가 되기를 빌고 싶어도 이미 가진 것이 넉넉한 부자이고, 남들로부터 사랑받는 선량한 사람이 되기를 빌고 싶어도 이미 많은 사람으로부터 사랑받는 선량한 사람일 때, 어떻게 하는 것이 좋겠는가?

"부디 선생의 자녀들이 선생처럼 훌륭한 사람이 되기를 빕니다."라고 하는 것이 가장 현명한 작별 인사다.

6일째

성경에 의하면, 세계는 제1일, 제2일, 제3일……의 차례를 따라 만들어져서 6일째 되는 날에 완성되었다. 그 마지막 날인 6일째 되는 날에 만들어진 것이 바로 인간이다.

당신은 그 의미를 어떻게 해석할 것인가?

탈무드에 의하면, 한 마리의 파리조차도 인간보다 먼저 만들어졌다는 사실을 생각하면, 인간은 결코 오만해질 수가 없다. 이것은 인간이야말로 자연에 대하여 정말로 겸손한 마음을 가져야 한다는 것을 가르쳐주는 것이다.

향료

어느 안식일(安息日, 토요일) 오후에, 로마의 황제가 친분이 있는 랍비의 집을 찾아갔다. 그는 미리 연락도 하지 않은 채 갑자기 찾아갔으나, 그곳에서 매우 즐거운 시간을 보낼 수 있었다. 음식은 매우 맛이 좋았고, 식탁 둘레에서는 사람들이 소리를 맞추어 노래 부르며 탈무드에 나오는 이야기로 꽃을 피웠다.

황제는 대단히 즐거워하며 다음 수요일에 다시 오겠다고 약속하고 돌아갔다. 다음 수요일이 되어 황제가 찾아오자, 사람들은 미리 준비하고 기다리고 있었다. 가장 좋은 그릇에 음식을 차려 놓았고, 지난번에는 안식일이라 쉬었던 하인들까지도 줄을 지어 영접했다. 요리사가 없어

찬 음식만을 내놓았던 지난번과는 달리 이번에는 따뜻하고 기름진 요리가 많이 나왔다. 그런데도 황제는 물었다.

"음식은 역시 지난 토요일에 먹은 것이 더 맛있었네. 지난번 요리는 어떤 향료를 넣어 만들었는가?"

랍비는 이렇게 대답했다.

"황제께서는 그 향료를 구하실 수 없습니다."

황제는 "아닐세, 로마 황제는 어떤 향료라도 구할 수가 있다네."라고 자신 있게 말했다.

유대인은 안식일을 비롯한 다른 절기에도 푸짐한 음식을 들며 즐겁게 성경 말씀을 배운다. (사진은 유대인들이 안식일에 음식을 차려 놓고 먹으며 성경을 토론하는 모습)

그러자 랍비는 이렇게 말했다.

"황제 폐하께서는 아무리 노력하셔도 '안식'이라는 향료를 구하시지는 못합니다. 유대인의 '안식일'이라는 향료 말입니다."

도둑맞은 돈

어떤 장사꾼이 도시에 물건을 사러 갔는데, 며칠 뒤 염가 판매가 있다는 소식을 듣고는 그때까지 기다렸다가 물건을 사기로 했다. 그러나 그는 많은 현금을 몸에 지니고 있었으므로 몹시 불안했다. 그래서 그는 조용한 곳으로 가서 가지고 있던 돈을 전부 땅에 파묻었다.

그런데 다음 날 그곳에 가 보았더니 돈이 없었다. 여러모로 생각을 해보았지만, 자신이 돈을 땅에 묻는 것을 본 사람이 아무도 없었으므로, 그는 돈이 없어진 이유를 알 수가 없었다.

그곳에서 멀리 떨어진 곳에는 집이 한 채 있었는데 그는 그 집 벽에 구멍이 뚫려 있다는 사실을 알아내었다. 그

래서 그는 그 집에 살고 있는 사람이 자신이 돈을 묻는 것을 그 구멍을 통해 보고 있다가 나중에 꺼내 간 것이 틀림없다고 생각했다. 장사꾼은 그 집에 살고 있는 늙은 영감에게 말했다.

"노인장은 도시에 살고 있으니 머리가 좋으시겠군요. 제게 지혜를 좀 빌려주십시오. 저는 이 도시에서 물건을 사려고 지갑을 2개 가지고 왔습니다. 한 지갑에는 은화 500개, 다른 지갑에는 은화 800개가 들어 있습니다. 저는 작은 지갑을 아무도 모르게 어떤 곳에 묻어 두었는데, 나머지 큰 지갑도 땅속에 묻어 두는 것이 좋을지, 아니면 믿을 만한 사람에게 맡겨 두는 것이 좋을지 알려주십시오."

늙은 영감은 이렇게 대답했다.

"내가 만일 젊은이라면, 다른 사람은 아무도 믿지 않을 것이오. 먼저 지갑을 묻어 둔 그곳에 큰 지갑도 묻어 두겠소."

장사꾼이 돌아가자 욕심쟁이 영감은 자신이 훔쳐 온 지갑을 그곳에다 다시 묻어 놓았다. 장사꾼은 그것을 숨어서 보고 있다가 지갑을 무사히 찾아내는 데 성공했다.

솔로몬의 재판

솔로몬 왕은 뛰어난 지혜를 가지고 있었다. 안식일에 세 사람의 유대인이 예루살렘에 찾아왔다. 당시에는 은행이란 것이 없어서 세 사람은 가지고 있던 돈을 함께 땅에 묻었다. 그런데 그들 가운데 한 사람이 몰래 땅속에 묻어 놓은 돈을 몽땅 꺼내 갔다.

이튿날 세 사람은 지혜로운 왕으로 널리 알려진 솔로몬을 찾아가 세 사람 가운데 누가 그 돈을 훔쳐 갔는지를 가려내달라고 했다.

그러자 솔로몬 왕은 이렇게 말했다.

"너희 세 사람은 아주 현명하니, 먼저 내가 판결에 곤란을 겪고 있는 어려운 문제

를 풀어주면 너희의 문제는 내가 해결해주겠다."

그러고는 다음과 같은 이야기를 들려주었다.

"어떤 처녀가 한 젊은이와 혼인하기로 약속을 했다네. 그런데 그 처녀는 얼마 후 다른 남자와 사랑하게 되어 약혼자를 찾아가 헤어지자고 했지. 그 처녀는 약혼자에게 위자료를 지불하겠다고 자청했는데, 젊은이는 위자료는 필요 없다면서 처녀와의 약혼을 즉시 취소해주었다네. 그

런데 그 처녀는 남보다 많은 돈을 가지고 있었던 탓에 어떤 노인한테 유괴를 당했지. 처녀는 노인에게, '내가 약혼했던 남자한테 파혼을 요청하자 그 남자는 위자료도 받지 않고 내 부탁을 들어주었어요. 노인장께서도 그 사람처럼 나를 자유롭게 풀어주세요' 라고 말했다네. 그랬더니 노인은 그녀의 말대로 몸값을 받지 않고 그녀를 풀어주었지. 이 사람들 가운데서 가장 칭찬받을 만한 행동을 한 사람은 누구이겠는가?"

첫째 사나이가 대답했다.

"처녀와 약혼까지 했으면서도 파혼을 허락해주고 위자료도 받지 않은 남자가 칭찬을 받아 마땅합니다. 왜냐하면 그는 처녀의 의사를 무시하면서까지 결혼하려고 하지 않았고 게다가 위자료도 받지 않았기 때문입니다."

두 번째 사나이가 말했다.

"아닙니다. 그 처녀야말로 칭찬을 받아야 합니다. 그녀는 용기를 내어 약혼자에게 파혼을 요구했고, 진정으로 사랑하고 있는 남자와 결혼을 했습니다. 이것이야말로 칭찬을 받아 마땅합니다."

세 번째 사나이기 말했다.

"이야기가 너무 뒤죽박죽이어서 저는 통 이해할 수가 없습니다. 먼저 처녀를 납치한 노인은 돈 때문에 그 처녀를 납치했는데, 돈도 받지 않고서 풀어주다니 이야기의 줄거리를 종잡을 수가 없습니다."

그러자 솔로몬 왕은 갑자기 호통을 치며 말했다.

"이놈! 네가 바로 돈을 훔친 놈이다. 다른 사람들은 내 이야기를 듣고, 사랑이나 처녀와 약혼자 사이의 인간관계와 그 사이에 얽힌 긴장된 감정에 마음을 쏟았는데, 네 놈은 돈밖에는 생각하고 있지 않았다. 틀림없이 네가 범인이로다!"

중용

군대가 행진하고 있었다. 길의 오른쪽은 눈이 내려 얼음이 얼어 있었다. 그리고 길의 왼쪽은 불바다였다. 이 군대가 길 오른쪽으로 가면 얼어 죽고, 길 왼쪽으로 가면 불에 타 죽는다.

하지만 가운데의 길은 따뜻함과 시원함이 적당히 조화된 길이었다.

답례

나치의 수용소에서 600만 명이나 되는 엄청난 유대인들이 학살되고 나머지 사람들은 구출되었다. 살아남은 유대인들은 미국의 트루먼 대통령에게 답례로 탈무드를 선사했다. 그런데 그 탈무드는 제2차 세계대전 후 독일에서 인쇄된 책이었다.

그만큼 철저하게 유대인들을 전멸시키려고 애썼던 독일에서조차 탈무드가 발행되고 있다는 사실은 탈무드의 위대함을 입증해주는 증거가 되고 있다.

사업

유대인의 역사는 대단히 길고 오래되었다. 성서 시대의 유대인들은 농경생활을 했다. 그러므로 교역은 별반 이루어지지 않았고, 상인이라는 말은 곧 비유대인들을 나타내는 말로 사용되었다. 즉 유대인들은 자신들의 생활 주변에서는 좀체 물건을 사고파는 매매 행위를 하지 않았다. 다만 "유대인으로서 장사를 할 경우에는 계량을 정직하게 하고, 물건을 속이지 마라."는 평범한 도덕성이 강조되었을 뿐이었다.

그러나 탈무드 시대에 접어들면서 교역이나 장사가 점차 발달하여, 탈무드에서도 사업에 대하여 깊은 관심을 기울이게 되었다. 탈무드를 쓴 사람들은 세계는 점점 진

보해간다고 생각했는데, 그들은 이 진보된 세계의 모습을 교역이 크게 발달할 세계로 표현하고 있다. 때문에 그들은 교역을 행함에 지켜야 할 도덕에 관하여 특히 많은 관심을 기울였다.

탈무드를 편찬한 사람들이 앞으로 다가올 미래에서 비즈니스가 무엇보다도 중요한 역할을 할 것이라고 예견한 것은 대단한 선견지명(先見之明)이었다고 생각한다. 그들은 벌써 2천 년 전에 앞으로 그러한 세계가 이루어질 것을 예견하고 이에 대비한 여러 측면의 준비 작업을 해왔던 것이다.

그래서 탈무드에서는 사업이라는 전제 조건이 원칙이 되므로 일상의 테두리 밖에서 찾을 수 있는 특별한 사업의 규칙이 정해져야 한다고 생각했다. 그러므로 사업의 세계는 결코 탈무드적인 생각이 아니라는 것이다. 왜냐하면 아무리 신앙적인 사람이라도 사업은 사업으로서 행하여도 괜찮다고 인정되었기 때문이다.

따라서 탈무드는 어떻게 처신해야 도덕적인 사업가가 될 수 있는가를 생각하고 있지, 어떻게 해야 능력 있는 사

업가가 될 수 있는가에 대해 규정하고 있지 않다. 그것은 탈무드가 자유방임주의적인 사업에는 반대하고 있다는 사실로도 알 수 있다.

이를테면, 물건을 사는 사람의 한 권리로서 아무런 보증이 없다 해도 사는 물건이 좋은 품질이어야 한다는 조건을 요구할 수 있는 권리가 있다. 물건을 산다는 것은, 곧 결함이 없는 것을 산다는 뜻이기 때문이다. 그러므로 가령 물건을 파는 사람이 그 상품에 결함이 발견되어도 반환할 수 없다는 조건을 붙였다고 하더라도, 그 상품에서 결함이 발견되면 물건을 사는 사람에게는 그 상품을 반환할 수 있는 권리가 있다.

그러나 한 가지 예외는 있다. 물건을 사는 사람이 그 상품의 결함을 사기 전에 인정하고 샀을 경우다. 예를 들어 자동차를 팔 때 애초에 그 자동차에 엔진이 없다는 사실을 알려주고 팔았다면 구매한 사람은 그 자동차를 엔진이 없다는 이유로 구매를 무효로 할 수가 없다.

탈무드에는 물건을 파는 사람도, 만일 잘못 만들어진 물건을 팔 경우에는 반드시 그 결함을 구체적으로 구입

희망자에게 설명해주어야 한다고 기록되어 있다. 따라서 물건을 사는 사람은 상품의 결함이나 눈가림(사기성), 그리고 물건을 파는 사람이 미처 알지 못한 실수나 잘못에 대해서도 보호받게 되는 것이다.

물건을 사고판다는 것은 2가지 요소로 이루어진다. 첫째는 그 물건 값을 지불하는 것이고, 둘째는 그 물건이 사는 사람에게로 소유가 바뀐다는 것이다. 그러므로 물건을 판 사람은 그 물건을 안전하게 산 사람한테 넘겨주어야 할 의무가 있다.

탈무드에서는 어디까지나 물건을 판 사람보다는 물건을 구입한 사람의 권리를 더 생각해준다. 그리고 물건을 판매하는 사람은 반드시 파는 상품의 소유권이 자신에게 있어야 한다. 그것은 혹시라도 남의 물건을 파는 절도 행위가 있어서는 안 되기 때문이다.

매매

탈무드 시대 이후 유대인의 사회에는 계량을 맡아 감독하는 관리들이 있었다. 계량을 할 때 계절에 따라 땅의 넓이를 측정하는 끈도 각각 다른 것을 사용하게 했다. 그것은 날씨에 따라 끈이 늘어나기도 줄어들기도 하기 때문이다. 또, 액체로 된 물건을 판매할 경우, 계량하는 그릇 밑에 찌꺼기가 남아 있어서는 안 되기 때문에 그릇 속을 늘 깨끗이 하도록 감독하고 있었다.

그리고 물건에 따라 다르겠지만 물건을 산 뒤에 구입자는 그 상품의 특성에 따라 하루 또는 일주일 정도, 그 물건을 주변 사람들에게 보여서 그들의 의견을 들을 수 있는 권리가 있었다. 그것은 물건을 산 사람이 자신이 구입한 물건에 대하여 내용을 모르고 샀을 경우 그 물건을 바르게 판단할 수 없기 때문이다.

탈무드 시대에는 어떤 물품이든 간에 일정한 값이 정해져 있지 않았다. 오늘날에는 회사별 상품의 가격이 대략 정해져 있지만, 옛날에는 물건을 파는 사람이 마음대로 물건 값을 정해 팔았다. 그러나 상식적인 값보다 6분의 1 이상이나 비싼 값으로 구입했을 때는 그 거래는 무효가 된다는 것이 탈무드의 통례다. 예를 들어 보통 600원에 팔리는 물건을 800원에 샀으면 그 거래는 무효가 된다.

또, 물건을 파는 사람이 상품의 계량을 잘못했을 때 물건을 사는 사람은 다시 계량하여 가격을 고치도록 요구할 권리가 있었다.

물건을 파는 사람을 보호하기 위한 방법으로는, 물건을 구입할 생각이 없이 흥정만 해서는 안 된다고 되어 있다. 또, 다른 사람이 먼저 물건을 사겠다고 의사를 밝힌 것을 중간에서 가로채어 사는 것은 금지하고 있다.

토지

두 사람의 랍비가 같은 땅을 사기 위하여 흥정하고 있었다. 한 랍비가 먼저 그 땅값을 정했다. 그러자 다른 랍비가 서둘러 그 땅을 계약해버렸다.

그래서 어떤 사람이 나중의 랍비에게로 가서 "어떤 사람이 과자를 사려고 제과점에 왔는데, 벌써 다른 사람이 와서 그 과자를 사기 위해 살펴보고 있었소. 그런데 나중에 온 사람이 그 과자를 사기 위하여 돈을 냈다면, 당신은 그 사람을 어떻게 생각하겠소?" 하고 물었다.

그러자 그 랍비는 대답했다.

"그 사람은 옳지 않지요."

물어본 사람이 다시 말했다.

"랍비님이 이번에 계약한 그 땅은 다른 사람이 랍비님보다 먼저 값을 흥정하여 값을 결정한 것인데, 랍비님이 중간에 끼어든 것이오. 그래도 됩니까?"

그래서 어떻게 해결하는 것이 좋은 방법인가가 문제가 되었다. 한 가지 방법으로 제시된 것은, 계약한 랍비가 그 땅을 흥정한 첫번째 랍비에게 되파는 것이었다. 그런데 두 번째 랍비는 물건을 사자마자 파는 것이 싫다는 것이었다.

두 번째의 방법은 땅을 사들인 랍비가 첫번째 랍비에게 그 땅을 선물로 주는 것이 어떠냐는 것이었다. 이번에는 첫번째 랍비가 남의 물건을 거저 선물로 받는 것은 양심상 싫다고 했다. 그래서 결국 땅을 계약한 두 번째 랍비는 학교에 그 땅을 기부했다.

제3장

탈무드의 눈

T a l m u d

눈은 얼굴 중에서 최소의 부분을 차지하고 있다.
그러면서도 입만큼 말을 하고, 실로 격언 속담이 갖는
모든 매력을 그대로 갖추고 있다.
탈무드는 한없는 보물 창고다.
그것에는 오래도록 계속 이야기되어온
유대인의 지혜가 응집되어 있다고 할 수 있다.
이 장에서는 그 가운데서 아주 일부분만을 꺼내보았다.
당신의 사색을 보다 깊게, 그리고 보다 고매하게
하기 위한 영양분이 되리라.

인간

∾ 인간은 심장(마음) 가까이에 유방이 있으나 동물들은 비교적 심장에서 떨어진 곳에 유방이 있다. 이것은 하나님이 베풀어준 깊은 배려의 덕이라 할 수 있다.

∾ 스스로 반성하는 사람이 서 있는 곳은 가장 고매한 랍비가 서 있는 곳보다도 더욱 거룩하다.

~ 이 세상은 진실과 도덕과 평화의 3가지 근본 위에 서 있다.

~ 휴일이 우리 인간에게 주어진 것이지 인간이 휴일에게 주어진 것은 결코 아니다.

~ 백성의 소리는 곧 하나님의 소리이기도 하다.

~ 하나님이 말씀하셨다.
"내게 4명의 아이가 있듯이 너희도 4명의 아이를 가지고 있다. 너희의 네 아이는 아들, 딸, 남자 하인, 여자 하인이다. 나의 네 아이는 과부, 고아, 나그네(stranger), 나실인(nizilite)이다. 내가 너희의 아이들을 보살펴주고 있듯이, 너희도 내 아이들을 보살펴주어야 한다." **편역자 주** 나실인은 부모에 의하여 또는 스스로 하나님에게 헌신한 사람을 말한다.

~ 사람들은 남들의 가벼운 피부병은 걱정하면서도 자기 자신의 중병은 눈치 채지 못한다.

~ 거짓말쟁이가 받는 최대의 형벌은 그가 진실로 말하고 있어도 남들이 그것을 믿어주지 않는 것이다.

~ 사람은 20년에 걸쳐 배운 것이라도 단 2년 만에 잊어버릴 수도 있다.

~ 어떤 사람이고 3종류의 이름을 갖는다. 태어났을 때 부모로부터 받은 이름과 친구들이 붙여준 우정 어린 이름, 그리고 생애를 끝마쳤을 때 받는 명성이 그것이다.

인생

∾ 인간은 처해진 환경에 따라 명예가 높아지는 것이 아니고, 인간 스스로 자기 환경의 명예를 높이는 것이다.

∾ 모든 인류는 오직 한 조상(아담)에서부터 비롯되었다. 따라서 어느 인간이고 간에 다른 인간들보다 우월하다는 것은 있을 수 없다. 만약 당신이 어떤 인간의 생명을 빼앗았다면 그것은 곧 모든 인류의 생명을 빼앗은 것과 똑같다. 그러나 반대로 만일 당신이 어떤 인간의 생명을 위기에서 구해냈다면, 그것은 곧 모든 인류를 구한 것과 똑같다. 왜냐하면 이 세상은 어떤 한 인간에서부터 시작되었으므로, 만일 그 최초의 인간의 목숨을 빼앗았다면 오늘날 인류는

존재할 수 없었기 때문이다.

∾ 요령이 월등한 인간과 현명한 인간과의 차이는 이렇다. 요령이 월등한 사람은, 현명한 사람이 절대로 벗어날 수 없는 상황을 무난히 빠져나가는 사람이다.

∾ 어떤 사람은 젊었어도 늙었고, 또 어떤 사람은 늙었어도 젊다.

∾ 자기 자신의 나쁜 점만을 걱정하는 사람은 다른 사람들의 부족한 점은 알지 못한다.

∾ 음식을 마치 장난감처럼 취급하는 인간은 배고픈 사람이 아니다.

∾ 부끄러움을 모르는 것과 자부심은 형제 사이다.

∾ 만약 하루를 공부하지 않으면 그것을 되찾는 데 이

틀이 걸리고, 이틀을 공부하지 않으면 그것을 되찾는 데 나흘이 걸린다. 또, 1년을 공부하지 않으면 그것을 회복하는 데는 자그마치 2년이나 필요하다.

∾ 근본이 옳지 못한 사람은 이웃 사람의 수입에는 마음을 쓰면서도 자기 자신의 낭비에는 마음을 쓰지 않는다.

∾ 눈에 보이지 않는 것보다는, 마음에 보이지 않는 것이 더 두렵다.

∾ 만나는 모든 사람으로부터 무엇인가를 배울 수 있는 사람이 이 세상에서 가장 현명한 사람이다.

∾ 강한 사람 - 그는 자기 자신을 스스로 절제할 수 있는 사람이다.

∾ 강한 사람 - 그는 적을 친구로 바꿀 수 있는 사람이다.

∾ 풍족한 사람이란 자신이 가지고 있는 것으로도 만족할 줄 아는 사람이다.

∾ 남을 칭송할 줄 아는 사람이야말로 칭송받아 마땅한 사람이다.

평가

∾ 유대인들이 인간을 평가하는 3가지 기준은 이렇다.

첫째, 키소(돈지갑을 넣는 주머니).

둘째, 코소(술을 마시는 술잔).

셋째, 카소(분노를 나타내는 정도).

저자 주 유대인들은 돈을 어떻게 쓰는가, 술 마시는 버릇은 깨끗한가, 인내력은 어느 정도인가에 따라 사람의 됨됨이를 평가한다.

∾ 인간은 4가지 유형으로 구분된다.

첫째, 내 것은 내 것이고, 당신 것은 물론 당신 것이라는 사람(일반적인 유형).

둘째, 내 것은 당신 것이고, 당신 것은 내 것이라는 사람(별난 유형).

셋째, 내 것은 당신 것이고, 당신 것도 물론 당신 것이라는 사람(정의감이 강한 유형).

넷째, 내 것은 내 것이고, 당신 것도 또한 내 것이라는 이기적인 사람(나쁜 유형).

현인 앞에 앉게 되는 사람에는 3가지 유형이 있다.

첫째, 스폰지형 – 아무것이나 옳다 하며 흡수하려고 한다.

둘째, 터널형 – 한쪽 귀로 듣고 다른 한쪽 귀로 흘려버린다.

셋째, 선택형 – 중요한 것과 그렇지 않은 것을 체로 쳐서 걸러내듯 유익한 것만을 선택한다.

현인이 되기 위한 7가지 조건이 있다.

첫째, 자신보다 현명한 사람 앞에서는 침묵을 지킨다.

둘째, 상대의 말을 중간에서 끊지 않는다.

셋째, 대답을 침착하게 한다.

넷째, 항상 핵심만 뽑아 질문하고, 대답을 조리 있게 한다.

다섯째, 먼저 해야 할 것과 나중에 할 것을 구분하여 한다.

여섯째, 자신이 알지 못할 때는 솔직하게 인정한다.

일곱째, 진실은 망설이지 않고 인정한다.

∾ 인간은 3부류의 벗을 가지고 있다. 그것은 자식과 부유함과 선행이다.

친구

~ 아내를 선택할 때는 한 계단 낮추어 선택하고, 친구를 고를 때는 한 계단 올려 선택한다.

~ 벗이 화가 나 격해 있을 때는 달래려 하지 마라. 슬픔에 잠겨 있을 때도 위로하지 마라.

우정

∾ 만약 벗이 싱싱한 채소를 가지고 있으면, 거기에 필요한 고기를 보내 주어라.

∾ 설령 벗이 너에게 꿀처럼 달게 대하여도, 너는 그것을 모두 핥아 먹어서는 안 된다.

여자

∾ 어떤 남자이건 여자의 빼어난 아름다움에는 오래 버틸 수가 없음을 알아야 한다.

∾ 여자가 가지고 있는 질투심에는 한 가지 원인밖에 없다.

∾ 여자는 자신의 외모를 가장 소중하게 생각한다.

∾ 여자는 남자보다 육감(肉感)에 뛰어나다.

∾ 여자는 남자에 비하여 정(情)이 많다.

~ 여자는 불합리적인 신앙에도 잘 빠진다.

~ 순수하지 못한 동기에서 시작된 사랑은 그 동기가 사라짐과 함께 소멸해버린다.

~ 사랑에 빠진 사람은 다른 사람의 충고를 들으려 하지 않는다.

~ 여자가 한 잔의 술을 마시는 것은 좋은 일이나, 두 잔을 마시게 되면 품위를 잃는다. 그리고 석 잔을 마시면 부도덕해지고, 넉 잔을 마시면 마침내 자멸하고 만다.

~ 사람은 정열 때문에 결혼하지만 그러나 그 정열이란 결혼보다는 오래 지속되지 못한다.

∾ 하나님이 처음 창조한 남자는 남녀의 성(性)을 같이 지니고 있었다. 그래서 남자의 몸에도 여성 호르몬이, 여자의 몸에도 남성 호르몬이 있는 것이다.

∾ 남자가 특히 여자에게 잘 유혹되는 것은, 하나님이 남자의 갈비뼈로 여자를 만들었으므로 자신이 잃어버린 것을 되찾으려 하기 때문이다.

∾ 하나님이 처음 여자를 창조할 때, 남자의 머리로 여자를 만들지 않은 것은 여자가 남자를 지배할 수 없도록

유대인 여성은 정숙하고 따뜻한 모성(EQ)을 갖도록 교육시킨다. (사진은 정숙하게 머리와 팔 다리를 가리기 위해 모자를 쓰고 긴 옷을 입은 유대인 여성들)

하기 위해서다. 또, 남자의 발로 여자를 만들지 않은 것은 남자의 노예가 되어서는 안 되기 때문이다. 남자의 갈비뼈로 여자를 만들어 놓은 것은 여자가 늘 남자의 마음 가까이 있게 하기 위함이다.

술

∾ 술이 머리에 들어가면 비밀은 밖으로 새어 나온다.

∾ 시중꾼의 자세가 공손하면 나쁜 술이라도 좋은 술이 된다.

∾ 악마가 인간들을 찾아다니기에 바쁠 때는 술을 대신 보낸다.

∾ 포도주는 처음에는 포도와 같은 맛을 내지만, 오래되면 될수록 맛이 좋아진다. 지혜도 이와 같이 해가 지날수록 갈고 닦인다.

∾ 아침에 늦게 일어나고 낮에는 술에 취해 있으며, 저녁에는 쓸데없는 잡담으로 하루를 보내는 사람은 자기 자신의 일생 모두를 헛되게 만들고 만다.

∾ 포도주는 금이나 은그릇에서는 잘 담가지지 않지만, 지혜로 만든 그릇에 담그면 아주 잘 만들어진다.

가정

~ 진정 서로 사랑하고 있는 부부라면 칼날만 한 좁은 침대에서도 함께 누워 잘 수 있지만, 서로 증오하고 있는 부부라면 폭이 10미터의 침대라도 좁다.

~ 이 세상에서 가장 행복한 사람은 현명한 부인을 가진 남자다.

~ 남자가 결혼을 하게 되면 그때부터 죄가 늘어난다.

~ 이유 없이 아내를 학대하지 마라. 하나님은 지금도 당신 아내의 눈물방울을 빠짐없이 세고 계시다.

~ 모든 병마 중에서도 마음속의 병만큼 괴로운 것은 없다. 또, 갖은 죄악 중에서도 악처(惡妻)만큼 나쁜 것은 없다.

~ 이 세상에서 다른 무엇과도 바꿀 수 없는 것 - 젊을 때 결혼하여 함께 고생하며 살아온 늙은 아내.

~ 남자의 집은 아내다.

~ 아내를 고를 때는 겁쟁이가 되라.

~ 여자와 만나 보지 않고 결혼해서는 안 된다.

~ 아이들을 키울 때 차별을 두지 마라.

~ 아이들이 어렸을 때는 엄하게 꾸짖어 가르치고, 다 자란 뒤에는 작은 일로 꾸짖지 마라.

~ 아이들이 어렸을 때는 엄하게 가르쳐야 하지만, 두

려워하게 하는 것은 잘못된 것이다.

∾ 아이들을 나무랄 때는 한 번만 호되게 꾸짖어야 한다. 잔소리처럼 계속 나무라면 좋지 않다.

∾ 아이들은 부모의 언행을 흉내 내게 마련이다. 성격은 그래서 말투로 알 수 있다.

∾ 아이들과 어떤 약속을 했다면 반드시 그 약속은 지켜야 한다. 만약 약속을 지키지 않으면 당신은 아이들에게 거짓말을 가르치고 있는 셈이다.

∾ 가정 안에서 부도덕한 행위를 하는 것은 마치 과일에 벌레가 생기는 것과 같다. 어느 사이엔가 잘못이 번져 나가기 때문이다.

∾ 아이들은 자신들의 아버지를 존경하지 않으면 안 된다.

∾ 아이들이 아버지가 앉는 자리에 앉는 것은 옳지 못하다.

∾ 아버지가 다른 어떤 사람과 언쟁을 벌이고 있을 때, 자식들은 다른 사람의 편에 서서는 안 된다.

∾ 자식들이 아버지를 존경하고 순종하는 것은 아버지가 자식들을 위해 의식주를 해결해주기 때문이다.

돈

∾ 사람의 마음에 상처를 입히는 것 3가지가 있다. 번민과 불화와 빈 돈지갑이다. 이 가운데서도 특히 큰 상처를 내는 것은 빈 돈지갑이다.

∾ 몸의 모든 부분은 마음에 의존하고 있다. 마음은 돈지갑에 의존하게 마련이다.

∾ 무릇 돈이란 장사에 이용되어야지, 술을 마시는 데에 허비되어서는 안 된다.

∾ 돈은 악도 저주도 아니다. 돈은 인간을 축복해주는

고마운 것이다.

~ 돈이란 하나님으로부터 오는 선물을 살 수 있는 기회를 안겨 준다.

~ 돈을 빌려준 사람에게는 화를 내지 말고 참아야 한다.

~ 부유함은 견고한 요새이고 빈곤은 폐허다.

~ 돈과 물건은 거저 주는 것보다는 빌려 주는 편이 더 낫다. 돈이나 물건을 거저 얻으면 얻은 사람이 준 사람보다 아래의 입장이 되지만, 빌려 주면 서로 동등한 입장에 서기 때문이다.

섹스

'야다(yada)' 라는 말은 히브리어에서 '섹스' 를 뜻한다. 또, '상대를 알다' 란 뜻이기도 하다. 성서에서의 예를 보면, 아담은 이브를 알고 난 뒤에 아이를 낳았다고 기록되어 있는데, 여기에서 '안다' 는 말에는 성관계를 맺었다는 뜻도 포함되어 있는 것이다.

'사랑은 곧 아는 것' 이라는 말도 자주 사용되고 있는데, 사랑하는 것은 함께 잠자리를 하는 것이라고 풀이해도 무방할 것이다.

∾ '야다' 즉 '섹스' 는 창조의 행위이므로 이것 없이는 결코 자기완성을 이룰 수 없다.

~ 섹스는 평생 동안 오직 한 사람의 상대에게만 쓰이지 않으면 안 된다.

~ 섹스는 원래 자연의 일부분이므로 성행위 자체가 원칙적인 측면에서 부자연스러울 것은 없다.

~ 섹스는 철저하게 개인적인 관계에서 맺어져야 하며, 매우 친숙한 분위기 속에서 이루어지지 않으면 안 된다. 자신을 절제할 수 없는 곳에서는 섹스를 하지 말아야 한다.

~ 아내의 허락 없이 강제로 아내와 섹스 행위를 해서는 안 된다. 아내가 거절하는데도 힘으로 강요하는 것은 금지되어 있다.

교육

∾ 향수를 팔고 있는 상점에 들어가면 향수를 사지 않아도 몸에서 향기가 난다.

∾ 가죽 공장에 들어가면 가죽으로 만든 물건을 사지 않아도 역한 냄새가 난다.

∾ 칼을 품고 있는 사람은 책을 갖고 설 수 없다. 또, 책을 갖고 있는 사람은 칼을 품고 설 수 없다. **편역자 주** 여기서 말하는 책은 주로 종교 서적인 유대인의 성경과 탈무드를 말한다.

∾ 자신을 아는 것이 곧 최대의 지혜다.

∾ 의사의 충고만 듣고 있으면 의사에게 돈을 지불할 필요는 없다.

∾ 값비싼 귀한 진주를 잃어버렸을 때, 그것을 찾기 위하여 값싼 양초가 쓰인다.

∾ 가난한 집안의 아들은 칭송받을 것이다. 우리 모두에게 지혜를 주는 것이 바로 그들이기 때문이다.

∾ 기억력을 증진시켜주는 최고의 약은 감탄하는 것이다.

∾ 학교가 없는 곳에서는 사람이 살 수 없다. **편역자 주** 여기서 말하는 학교는 주로 인성교육과 종교교육을 시키는 유대인 학교를 말한다. 한국식으로 말하면 옛날 서당을 가리킨다. 물론 여기에서 일반학문도 가르친다.

∾ 고양이에게서는 겸손함을 배우고, 개미에게서는 정직함을 배우고, 비둘기에게서는 정절을 배우며, 수탉으로부터는 재산을 지키는 권리를 배울 수 있다.

∾ 이름이 팔리면 곧 잊혀진다. 지식 또한 얕으면 곧 잃어버린다.

∾ 아이들을 가르치는 것은 아무것도 적혀 있지 않은 백지 위에 무엇인가 그리거나 쓰는 일과 같다. 노인을 가르치는 것은 글자가 가득 적힌 종이에서 빈 곳을 찾아내어 무엇인가 써 넣는 행위와 같다.

악함

∾ 악에 대한 충동은 마치 구리와 같은 것이어서 불 속에서는 어떤 모양이든 생각대로 만들 수 있다.

∾ 만약 인간이 악에 대한 충동을 가지고 있지 않다면, 집도 만들지 않고, 아내도 구하지 않고, 아이도 낳지 않으며, 일도 하지 않을 것이다.

∾ 만약 악에 대한 충동에 사로잡혀 있다면 그것을 몰아내기 위해서는 무엇인가를 배우는 데 열심이어야 한다.

∾ 다른 어느 누구보다도 월등한 사람은 그만큼 악에

대한 충동도 강력하다.

∾ 이 세상에는 올바른 일만 하는 사람은 있을 수 없다. 누구든 반드시 악한 일도 한다.

∾ 악의 충동의 시작은 달콤하다. 그러나 끝은 대단히 쓰다.

∾ 죄악은 태어날 때부터 이미 인간의 마음에 싹터, 인간이 성장함에 따라 점차 강해진다.

∾ 13세부터 인간의 마음속에 들어 있는 악의 충동은 선의 충동보다 점점 강해진다.

∾ 죄는 미워하더라도 인간은 미워하지 마라.

∾ 죄악이란 처음에는 여자처럼 연약하지만, 그대로 두면 힘센 남자처럼 강해지고 만다.

∾ 죄악이란 처음엔 거미줄처럼 가늘지만, 나중에는 배를 묶어두는 밧줄처럼 굵어진다.

∾ 죄악은 처음에는 손님처럼 겸손하지만, 그대로 두면 대신 주인 행세를 한다.

험담

∾ 남을 나쁘게 헐뜯는 가십은 살인보다도 위험하다. 왜냐하면 살인은 한 사람만을 죽이지만, 험담은 세 사람을 죽이는 일이 되기 때문이다. 험담을 한 자와 그 험담을 막지 않고 들은 자, 또 이 험담으로 피해를 보는 자가 그들이다.

∾ 남을 모략하고 중상하는 자는 흉기로 사람을 해치는 자보다 죄가 더 크다. 흉기란 가까이 가지 않으면 상대를 해칠 수 없지만, 중상은 멀리에서도 사람을 해치기 때문이다.

∾ 불 속의 장작더미는 물을 끼얹어 속까지 식힐 수 있지만, 중상모략으로 피해를 본 사람한테는 아무리 잘못을 빌어도 마음속의 불은 꺼지지 않는다.

∾ 마음이 고운 사람이라 해도 평소 입버릇이 나쁜 사람은 훌륭한 궁전 옆의 냄새 나는 가죽 공장과 같다.

∾ 사람은 입이 하나이고 귀가 둘이다. 이것은 말보다는 듣는 것을 2배로 더 힘쓰라는 뜻이다.

∾ 우리가 손가락을 마음대로 움직일 수 있는 것은 남들의 험담을 듣지 않기 위해서다. 험담이 들려오면 재빠르게 귀를 막아야 한다.

∾ 물고기는 언제나 입 때문에 낚싯바늘에 걸리듯이 인간 또한 입 때문에 걸려든다.

판사

∾ 판사가 되려면 항상 겸손하고 언제나 선행을 거듭행하며, 정확한 판별력과 위엄을 갖추고, 지금까지의 이력이 깨끗해야 한다.

∾ 판사는 반드시 진실(Justice)과 평화(Peace)를 모두 구해야 한다. 만일 진실만을 추종한다면 평화는 잃고 만다. 그러므로 진실도 파괴하지 않고 평화도 함께 지킬 수 있는 방법을 찾아내지 않으면 안 된다. 이것이 바로 타협이다.

∾ 극형(極刑, 사형)을 언도하기 전의 판사의 심정은 자신의 목에 칼이 꽂히는 것 같은 심정이어야 한다.

동물

∾ 고양이와 쥐는 먹이가 된 고기를 함께 먹고 있는 동안에는 싸우지 않는다.

∾ 여우의 머리가 되기보다는 차라리 사자의 꼬리가 돼라.

∾ 한 마리의 개가 짖으면 많은 개들이 따라 짖는다.

∾ 짐승들은 같은 부류의 짐승들끼리 어울려 살아간다. 늑대는 결코 양과 어울릴 수 없다. 하이에나와 개도 절대로 같이 살아가지 못한다. 부자와 가난뱅이도 이와 같다.

처세

∾ 선행(善行)을 외면하고 문을 닫은 사람은 다음에 의사를 향해 문을 열지 않으면 안 된다.

∾ 좋은 항아리를 얻으면 그날부터 바로 사용하라. 내일이면 깨어져 못 쓰게 될지도 모른다.

∾ 올바르지 않은 사람은 자신의 욕망에 지배를 당하고, 올바른 사람은 자신의 욕망을 지배(절제)할 수 있다.

∾ 남들의 자선에 의해 살아가는 것보다는 차라리 가난한 생활을 하는 편이 더 낫다.

∾ 남들 앞에서 부끄러워할 줄 아는 사람과 자기 자신 앞에서 부끄러워할 줄 아는 사람과는 큰 차이가 있다.

∾ 이 세상에는 너무 지나치면 안 될 8가지가 있다. 여행, 여자, 돈, 일, 술, 잠, 약, 향료가 그것이다.

∾ 이 세상에는 너무 과하게 사용해서는 안 되는 3가지가 있다. 빵에 넣는 이스트와 소금과 망설임이다.

∾ 몇 닢의 동전이 들어 있는 항아리는 그 소리가 시끄럽지만, 동전으로 가득 찬 항아리는 오히려 조용하다.

∾ 전당포는 과부와 어린아이들의 물건을 맡아서는 안 된다.

~ 명성을 얻으려 쫓아가는 사람은 명성을 붙잡지 못하지만, 명성을 피하여 달리는 사람은 오히려 명성에 잡히고 만다.

~ 남의 것을 훔치지 않은 도둑은 자신이 정직하다고 생각한다.

~ 결혼하는 목적은 기쁨에 있고, 장례식 조문객의 목적은 침묵이며, 강의하는 목적은 듣는 것에 있다. 또, 방문할 때의 목적은 정해진 시간에 도착하는 것이고, 가르침의 목적은 집중이며, 단식의 목적은 아낀 돈으로 자선을 베푸는 것이다.

~ 사람의 몸에는 6개의 가치 있는 부분이 있다. 이 가운데서 3개는 스스로 조절할 수 없지만, 나머지 3개는 자기 마음대로 조절할 수 있는 부분이다. 앞의 것은 눈과 귀와 코이고, 뒤의 것은 입과 손과 발이다.

∾ 당신은 당신의 혀에게 "나는 잘 모릅니다."라는 말을 열심히 가르쳐야 함을 깨달아야 한다.

∾ 장미꽃은 가시와 가시 사이에서 자란다.

∾ 처방을 무료로 해주는 의사의 충고는 듣지 않는 것이 좋다.

∾ 항아리의 겉모양만 보지 말고 그 속에 무엇이 들어 있는가를 살펴보아라.

∾ 나무는 열매로 평가되고 사람은 그가 이룩한 업적에 의하여 평가된다.

∾ 이제 막 맺히기 시작한 오이를 보고는 앞으로 맛있는 오이가 될지 어떨지 말할 수 없다.

∾ 행동은 말보다도 목소리가 크다.

~ 남들로 하여금 자신을 칭찬하게 하는 것은 좋으나, 자신이 자신을 칭찬하는 것은 옳지 않다.

~ 훌륭한 사람이 아랫사람의 말을 듣고, 노인이 젊은 이의 말에 귀를 기울이는 세상은 축복받아야 한다.

~ 노화(老化)를 재촉하는 4가지 원인은 공포, 분노, 자녀, 악처다.

~ 좋은 음악과 조용한 풍경 그리고 좋은 향기는 사람의 마음을 안정시켜주는 요소다.

~ 사람들에게 자신감을 안겨주는 3가지 요소는 좋은 가정, 좋은 아내, 좋은 의복이다.

~ 자선을 베풀 줄 모르는 사람은, 아무리 부자라도 맛있는 요리가 가득한 식탁에 소금이 없는 것과 마찬가지다.

∾ 사람들이 자선에 관해 가지고 있는 태도에는 4가지 유형이 있다.

첫째, 스스로는 돈이나 물건을 남에게 내주면서도 다른 사람이 돈이나 물건을 내놓는 것은 좋아하지 않는다.
둘째, 다른 사람이 자선을 베푸는 것은 바라면서도 자신은 자선을 베풀지 않는다.
셋째, 스스로 아낌없이 자선을 베푸는 동시에 남들도 또한 자선을 베풀기를 바란다.
넷째, 스스로 베푸는 자선도 싫어하고, 다른 사람이 베푸는 자선도 또한 싫어한다.

여러분은 이 4가지 유형 가운데 어디에 속하는가?
첫번째는 질투심이 강한 사람이고, 두 번째는 자신을 비하하는 사람이며, 세 번째는 선한 사람, 네 번째는 완전한 악인의 유형이다.

~ 한 개의 촛불로 많은 양초에 불을 붙여도 그 촛불의 빛이 약해지는 것은 아니다.

~ 하나님이 기뻐하시는 3가지 일이 있다.

첫째, 가난한 사람이 물건을 주워서 그 주인을 찾아 돌려주는 일.
둘째, 부자가 자기 수입의 10%를 아무도 모르게 가난한 사람에게 나누어 주는 일.
셋째, 도시에 살고 있는 독신자가 죄악을 범하지 않는 일.

~ 이 세상에 살고는 있으나 쓸모가 없는 남자는 식사할 수 있는 내 가정이 없고, 언제나 마누라 엉덩이에 눌려지내고, 몸이 아파서 늘 괴로워하는 사람이다.

~ 일생에 한 번 맛있는 요리를 실컷 먹고 다른 날에는 굶는 것보다는 평생 양파만 먹고 사는 게 더 낫다.

∾ 다음 3가지 경우 외에는 자신을 보존하는 것이 어떤 것보다 앞선다. 다만 다음 3가지 경우에는 자신을 버리고 목숨을 버리는 편이 낫다.

첫째, 남을 죽일 때.
둘째, 불순한 성관계를 맺을 때.
셋째, 근친상간을 할 때.

∾ 장사꾼이 해서는 안 되는 3가지 일이 있다.

첫째, 과대선전을 하는 일.
둘째, 값을 올리기 위해 매점매석하는 일.
셋째, 계량을 속이는 일.

∾ 달콤한 과일에 벌레가 더 많이 꼬이듯,
재산이 많으면 그만큼 근심도 많고,
여자가 많으면 또한 투정도 많고,
하녀가 많으면 그만큼 풍기도 문란해지고,

남자 하인이 많으면 그만큼 집안의 물건도 많이 없어진다.

∾ 스승보다 더 배우면 인생이 더욱 풍요해지고,
사색을 많이 하면 그만큼 지혜도 더 쌓여져 가고,
사람들과 만나 이로운 이야기를 나누면 좋은 길이 열리고,
자선을 많이 베풀면 따사로운 평화가 깃든다.

∾ 남들이 모두 옷을 입고 있을 때는 벌거숭이가 되지 마라.
남들이 모두 벌거숭이일 때는 옷을 입지 마라.
남들이 모두 앉아 있을 때는 서 있지 마라.
남들이 모두 서 있을 때는 앉아 있지 마라.
남들이 모두 울고 있을 때는 웃지 마라.
남들이 모두 웃고 있을 때는 울고 있지 마라.

제4장

탈무드의 머리

T a l m u d

머리는 인간의 모든 행동의 총사령부다.
탈무드 중 일화나 격언은 그냥 읽으면 의미가 없다.
머리를 써서 생각하는 데서 비로소
탈무드의 가르침이 살아난다.
나도 한 가지의 말을 둘러싸고
한나절이나 온종일 생각할 때가 자주 있다.
이 장에서는 내가 생각한 일들을 말하려고 한다.
현명한 독자들은 이 생각들을 더 깊게
그리고 더 오래 묵상해주기 바란다.

사랑의 힘

세상에는 12가지 종류의 강력한 것들이 있다. 먼저 돌이다. 그러나 돌은 쇠에 깎이고 만다. 그러나 이 쇠도 불에 녹고, 불은 또한 물로 꺼져버린다. 물은 구름에 흡수되며, 그 구름은 바람에 날려 사라진다.

그러나 바람은 인간을 절대로 날려버려 없어지게 할 수 없다. 그렇지만 그 인간도 공포에는 비참하게 깨어지고 만다. 공포감은 술로 제거된다. 술은 잠을 자면 깨게 된다. 이 잠은 죽음만큼 강하지 않다. 그러나 이 죽음조차 사랑을 눌러 이길 수는 없다.

죽음

화물을 가득 실은 두 척의 배가 바다에 떠 있었다. 그중 한 척은 이제 막 출항 채비를 하고 있었고, 또 한 척은 항구에 입항한 상태였다. 이러한 경우, 대부분의 사람들은 배가 출항할 때는 떠들썩하게 환송을 하지만, 반대로 배가 입항할 때는 환송 때와는 달리 별다른 환영의 모습을 보이지 않는다.

탈무드에서는 이러한 것을 대단히 그릇된 습관으로 지적하고 있다. 출항한 배의 앞날은 풍랑을 만나 어떤 고난을 당할지도 모른다. 그런데도 떠들썩하게 환송하는 게 이상하지 않은가 말이다.

하지만 오랜 항해의 길을 끝내고 무사히 귀항한 배는

진정으로 기쁘게 영접해주어야 한다. 이 배야말로 어려운 역경을 뚫고 맡은 바 책임을 완수했기 때문이다.

우리가 살아가는 인생의 길도 이와 같다고 할 수 있다. 우리는 갓 태어난 아기에게 많은 축복을 보낸다. 이 아이야말로 앞으로 어떠한 고난의 길을 걸어갈지, 도중에 그만 병으로 죽을지, 아니면 흉포한 살인범이 될지 아무도 그의 미래를 모른다. 이제 막 항해를 떠난 한 척의 배와 같은 아기에게 축복을 보내는 것은 모순이다.

그러나 진정한 축복은 사람이 죽음이란 영원한 잠에 들어갔을 때 보내야 한다. 그가 인생을 어떻게 살아왔는가를 많은 사람들이 알고 있으므로, 이때야말로 진정한 축복을 보낼 수 있는 것이다.

진실

유대인이 어린아이들에게 히브리어의 알파벳을 가르쳐줄 때는 알파벳 한 자 한 자의 의미를 지니게 한다. 히브리어로 '진실'이란 말은 히브리어에서의 알파벳 첫 글자와 맨 끝 글자와 꼭 중간에 있는 글자를 사용한다.

이것은 유대인에게 '진실'이란 것이 왼쪽도 오른쪽도 다 올바르며, 중간의 것도 역시 바르다는 것을 가르치기 위해서다.

맥주

탈무드는 하인이나 노예에게도 주인이 먹는 것과 똑같은 것을 먹이지 않으면 안 된다고 지적하고 있다. 가령 주인이 편한 의자에 앉으면 하인에게도 편한 의자를 내주라는 것이다. 지위가 남보다 낫다고 해서 반드시 높은 데에 앉는 것은 옳지 않다는 것이다.

내가 이스라엘에 갔을 때 일선

부대장의 초대를 받아 식사를 같이 할 기회가 있었다. 그 때 장병이 맥주를 가져오자 부대장은 사병들이 마실 맥주도 있느냐고 물었다.

그러자 사병은 오늘은 맥주가 부족해서 이 자리에만 가져왔다고 대답했다. 사병의 말을 들은 부대장은 "그렇다면 오늘은 맥주를 마시지 말자."고 말하는 것이었다. 이러한 모습이 바로 유대인들의 전통적인 사고방식인 것이다.

죄악

인간이라면 누구든지 죄를 저지르게 마련이다. 유대인 사회에는 동양적인 철저한 도덕관처럼 엄격하고 긴장된 분위기는 없다. 유대인이 죄를 범했어도 역시 유대인인 것이다.

유대인들이 이해하고 있는 죄에 대한 관념은 이렇다. 가령 화살을 표적에 명중시키는 능력이 있지만 공교롭게도 맞히지 못한 경우와 같이, 원래는 죄를 지을 생각이 없었는데 어쩌다 실수를 한 것이라고 마음 편하게 생각한다.

유대인이 자신이 범한 죄에 대하여 용서를 빌 때는 '나' 라고 하지 않고 반드시 '우리' 라고 표현한다. 자기 혼자서 지은 죄인데도 반드시 여러 사람들이 함께 잘못을

저지른 것으로 말한다. 왜냐하면 유대인은 모두가 한 가족이라서 혼자서 죄를 범해도 여러 사람이 함께 죄를 지은 것으로 생각하기 때문이다.

예를 들어 나 자신은 남의 것을 훔치지 않았더라도 누군가 궁핍하여 도둑질을 했다면 나는 하나님께 잘못을 빌어야 한다. 왜냐하면 나 자신이 남을 돕는 자선 행위가 모자라서 그 사람이 다른 사람의 것을 훔쳤다고 생각하기 때문이다.

손

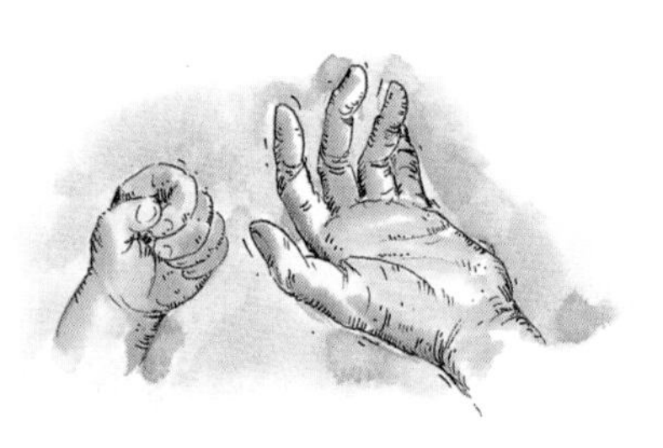

인간이 이 세상에 태어날 때는 두 손을 꼭 쥐고 태어나지만, 죽을 때는 이와는 반대로 두 손을 펴고 죽는다.

왜 그럴까? 이것은 태어날 때는 세상 모든 것을 움켜잡아 가지고 싶기 때문이고, 죽을 때는 남아 있는 사람들에게 가지고 있던 모든 것을 내주어 빈손이기 때문이다.

교사

유대인의 가정에서는 반드시 아버지가 자기 아들에게 탈무드를 가르친다. 그러나 이때 아버지가 자주 화를 내거나 지나치게 엄하게 다루면 아이들은 아버지가 무서워 배울 마음을 상실하고 만다.

히브리어에서 '파더'는 '교사'의 의미가 있는데, 영어에서 천주교 신부(神父)를 '파더'라고 하는 까닭도 히브리어에서의 '교사'의 개념을 지니고 있기 때문이다.

유대 사회에서는 자신의 부친보다 '교사'를 더 중하게 생각한다. 가령 아버지와 교사가 함께 감옥에 있을 때 이 중 한 사람만 구해야 한다면 아이들은 아버지보다 '교사'를 먼저 구한다. 유대인들은 지혜와 지식을 가르쳐주는 '교사'를 무엇보다도 중하게 여기기 때문이다.

편역자 주 여기서 말하는 교사는 세상 학문을 가르치는 교사를 뜻하는 것이 아니다. 토라와 탈무드를 가르치는 랍비를 말한다.*

---

* 아버지의 교육학적 의무는 편역자의 저서 《유대인 아버지의 4차원 영재교육》(동아일보, 2005) 참조.

진정 거룩한 것

진정 거룩한 것이란 영어에도 없는 개념이다. 인간 사회에는 동물에서부터 천사에 이르기까지 여러 계층이 있다. 그리고 사람들 사이에는 천사에 가까워질수록 거룩한 것에 가까이 간다는 관념이 흐르고 있다.

랍비가 학생들에게 "거룩한 것이란 과연 무엇인가?"라고 묻자 많은 학생들은 하나님을 위하여 생명을 바치는 것이라 했고, 몇몇은 쉬지 않고 기도하는 것이라고 대답했다.

랍비는 이렇게 말했다.

"무엇을 먹느냐와 '야다(섹스)'를 어떻게 하느냐에 있다."

학생들은 "그렇다면 돼지고기를 먹지 않는다든가, 어느

때에 섹스를 행하지 않는다는 것이 과연 거룩한 것인가?"
라고 되물었다. 랍비가 그 이유를 다음과 같이 일러주었다.

우리가 안식일을 정숙하게 보내는 것은 누구나 쉽게 알 수 있으며, 하나님을 위하여 목숨을 바치는 것도 금방 세상에 알려진다. 하지만 자신이 집에서 무엇을 먹는지는

▌유대인 아내는 월경 후 7일을 기다려 정결예식(침례)을 치른다. 먼저 몸을 물에 세 번 온전히 잠그고 나와 양손을 별도로 여섯 번 씻는다. 그 이유는 한 번 목욕한 사람은 몸은 깨끗하지만 손은 아직도 더럽기 때문이다. 이는 마음의 죄를 씻고 영적 순결을 되찾는 예식이다. 사진은 유대인 여성이 정결예식을 치르는 침례 못.
[자세한 내용은 《IQ는 아버지 EQ는 어머니 몫이다》 제3권 제6부 제5장 II-1-B '유대인 여성의 특별한 세 가지 임무와 정결예식' 참조.]

자신만 알지 집 밖의 사람은 모른다.

가령 유대인이 남의 집을 방문했거나 번화한 도시에 있을 때 유대인의 계율에 따른 식사를 한다 해도, 그들이 집에 돌아갔을 때는 무엇을 어떻게 먹는지 아무도 알 수가 없다. 섹스 행위 또한 이와 마찬가지다.

이렇게 보면, 집 안에서 식사를 할 때나 성생활을 할 때, 인간은 동물과 천사 사이의 어디쯤에 마음대로 접근할 수가 있다. 그래서 이때 자기 자신의 인격을 높일 수 있는 자가 진정 거룩한 사람인 것이다.

편역자 주 '거룩'이란 단어는 하나님에게 구별되어 있다는 뜻이다. 이방인과 구별된 사람은 하나님이 '하라'는 율법과 '하지 마라'는 율법을 지켜 행해야 한다.*

---

* 안식일 절기에 대해서는 저자의 저서 《IQ는 아버지 EQ는 어머니 몫이다》(전 3권) 제1권 제3부 제4장 III. '유대인의 가정과 안식일'을 참조하고, 섹스에 대한 율법에 대해서는 같은 책 제3권 제6부 제5장 II. 1. B. '유대인 여성의 특별한 임무와 정결예식(Mikkvah)' 참조.

증오

유대민족은 오랜 세월에 걸쳐 다른 민족에 의해 온갖 박해와 학살을 당한 슬픈 역사를 가지고 있다. 그러나 이들에게 증오에 찬 문학작품이나 문헌은 하나도 존재하지 않는다. 그 이유는 유대인들은 뼈에 사무치는 증오심을 지니지 않는 민족이기 때문이다.

나치에 의해 수백만의 동족이 비참하게 학살당했으나, 이를 저주하는 반(反)독일 문헌이나 독일 민족을 증오하는 책이 없다. 그래서 이스라엘은 아랍 민족과 전쟁을 하면서도 그들에 대한 증오심은 가지고 있지 않다. 기독교인들로부터 모진 박해를 받은 유대인들이지만 기독교인들을 증오하지 않는다.

셰익스피어가 쓴 〈베니스의 상인〉에 등장하는 유대인 샤일록이 증오심에 불타, 돈을 갚지 못하면 대신 상대방의 심장을 도려내겠다고 한 것은 적어도 유대인에게는 상상조차 할 수 없는 전혀 사실과 다른 표현이라는 것이다.

베드로가 바울에 대해서 하는 말은 바울의 인물 됨됨이에 대한 것이기보다는 베드로 자신이 어떠한 인물인가에 대한 이야기에 지나지 않는다. 이와 같이 셰익스피어는 기독교인이었으므로, 기독교인으로서의 생각을 표현한 것에 불과하며 결코 유대인과는 상관없다는 것이다.

가령 유대민족이 탐욕스럽고 교활하고 부정직하고 증오심이 많은 잔인한 민족이라면 가톨릭협회가 기독교인이 아닌 유대인에게서 자금을 융통해 가겠는가? 이를 보아도 유대인이 동정심이 많고 신뢰할 수 있는 민족이라는 것을 알 수 있다. 유대인은 언제나 온화한 마음을 지니고 있어, 만약 유대인에게 슬픈 사정을 말하면 반드시 동정의 마음을 베풀어줄 것이다.

유대인들은 가지고 있던 돈을 강탈당해도 강도를 벌하려 하지 않는다. 그들은 범인을 찾아 벌하기보다는 그로부터 돈을 되돌려 받는 것에 더 마음을 쓴다. 그러므로 잃어버린 돈 대신에 자동차, 시계와 같은 물건을 저당으로 잡지 심장을 도려내는 어리석은 짓은 하지 않는다.

탈무드에서는 인간은 모두가 한 가족이며 더 나아가 커다란 한 덩어리임을 강조한다. 그래서 자신이 오른손으로 무엇인가 만들고 있을 때 잘못하여 자신의 왼손을 잘라냈다고 해서 보복하기 위하여 오른손을 잘라내는 따위의 어리석은 짓은 하지 말라고 쓰여 있다.

탈무드 시대에는 유대인 사회에 고리대금업자는 없었다. 그때는 농경이 주업인 사회였으므로 대부분 어려운 생활에 허덕였다. 그러므로 셰익스피어 작품을 읽을 때는 먼저 기독교인들이 유대인을 얼마나 증오하고 천대했는가를 생각하지 않으면 안 된다.

신약성경을 보면 예루살렘의 환전상은 대부분 유대인들이 운영하고 있다고 기록되어 있다. 그러나 만약 외국의 비행장에 도착하여 환전상이 없다면 어떻게 그 나라에

서 살 수 있겠는가? 유대인은 1년에 약 3회쯤 예루살렘에 오게 되었는데 그때 자신이 가지고 있던 시리아의 돈이나 바빌로니아 또는 그리스의 돈을 바꿔야 했다. 여기에서는 '돈' 이란 것을 '악' 의 근원으로 보고 있지만 유대인들은 돈을 악이라고도 생각하지 않는다.

만약 다른 사람에게 돈을 차용해 주었을 경우, 그 돈을 정확하게 환수할 수 있는 방법을 찾아야 한다. 그러나 탈무드에서는 그렇지 않은 경우도 있다. 가령 옷을 담보로 하여 돈을 빌려 주었는데, 돈을 빌려 간 사람이 그 옷 한 벌밖에 달리 가진 것이 없다면, 돈을 빌려 준 사람은 그것을 자기 것으로 할 수가 없다. 집을 담보로 하여 돈을 빌려 주었다 해도 채무자가 그 집이 없을 때 만약 길거리에 나앉을 형편이면 채권자라 해도 그 집을 자신의 소유로 바꿀 수 없도록 되어 있다.

그러나 단 하나밖에 가지고 있지 않은 것이라 해도 이것이 사치를 위한 소유물일 경우에는 앞서의 경우와는 다르다. 다만 살기 위해서 반드시 가지고 있어야 할 물건일 때 이것을 채권자가 빼앗아 갈 수 없다는 것이다. 가령 먹고살기 위하여 당나귀 한 마리를 가지고 있다면, 아무리 채권자라 해도 이 당나귀는 빼앗아 갈 수 없다. 하지만 당나귀를 이용하지 않는 밤에는 끌어갈 수 있다.

만약 의복을 저당 잡았을 경우, 이스라엘의 밤은 대단히 춥기 때문에 그 옷을 되돌려 주지 않으면 안 된다. 여기에서 저당 잡힌 쪽이 저녁에 가서 그 옷을 되찾아 오는 것은 허용되지 않는다. 오히려 저당 잡은 쪽이 옷 주인에게 찾아가 되돌려 주어야 한다. 그것은 인간의 존엄성을 상처 입히지 않게 하기 위함이다.

편역자 주 여기에서 하나님이 인간의 존엄성을 얼마나 귀히 여기는지 알 수 있다. 편역자가 세계를 다니다 보면 한국인 교포들 중에 유대인과 상거래를 하면서 가끔 불이익을 당한 경우에 대해 듣는 수가 있다. 여기에서 이런 이야기를 하는 것은 독자들이 이 글만을 읽고 유대인을 모두 천사처럼 생각해서는 안 되기 때문이다. 이 책의 내용은 어디까지나 유대인 저자가 성경과 성경을 설명하는 탈무드에 있는 선한 내용만을 소개한 것이다. 어느 민족이나 선한 사람과 악한 사람이 있듯이 유대인 중에도 당연히 악한 사람들이 있다.*

---

* 자세한 것은 저자의 《유대인 아버지의 4차원 영재교육》 제3부 제3장 II. 2. '왜 악한 유대인이 있는가: 율법(IQ) vs. 은혜(사랑, EQ)' 참조.

담

유대인은 인간이 자연스럽게 사는 것이 가장 좋다고 생각하기 때문에, 가톨릭의 신부나 수녀 또는 결혼하지 않는 승려의 존재는 인정하지 않는다.

탈무드에는 "1미터의 담이 100미터의 담보다 낫다."는 말이 있다. 이것은 1미터의 담은 오랫동안 똑바로 서 있을 수 있지만, 100미터의 담은 쉽게 무너질 수 있기 때문이다. 인간이 평생 성행위를 하지 않고 산다는 것은 전혀 불가능한 일이다. 이것을 100미터의 담에 비유한 것이다.

아내가 없는 유대인은 생활 속에 행복도 없고, 하나님의 축복도 받지 못하고, 선행도 많이 쌓지 못한다. 남자는 18세에 결혼하는 것이 가장 좋다고 탈무드는 말하고 있다.

학자

유대인은 모든 재산을 팔아서라도 딸을 학자에게 시집보내는 것이 좋은 일이고, 학자의 딸을 맡기 위해서는 모든 재산을 잃어도 좋다고 생각했다.

편역자 주 여기서 '학자'는 인간의 영혼에 대해 연구하는 성경이나 탈무드 학자를 말한다.

'7'이란 숫자

유대인에게 '7'이라는 숫자는 매우 중요하다. 첫째, 일주일 중에는 7일째에 안식일이 온다. 또, 7년째 되는 해에는 밭을 갈지 않고 묵혀 쉬게 한다. 그리고 49년째 되는 해는 대단히 경사스런 해로, 이 해에는 밭을 갈지 않고 묵히며, 남에게 빌린 돈도 채무가 소멸된다. **편역자 주** 구약성경의 회년을 말한다(레 25장). 49라는 숫자는 7년x7=49년에서 나온다. 이를 50년째라고도 한다.

1년에 두 번 있는 대축제인 유월절(출애굽 기념)과 초막절(수확제)은 각각 7일 동안이나 계속된다.

유대의 달력은 세계에서 가장 정확하다. 지난날 모두가 노예였던 유대인들이 이집트에서 탈출하던 날, 이것은 유대의 역사에서 가장 중요한 사건이니만큼, 그때를 첫번째 달로 삼고(출 12:2), 그때부터 7개월 후에 초막절을 맞이한다.

미국의 신년은 1월 1일이지만, 미국에서 가장 중요한 첫 달은 미국이 독립한 7월이다. 그와 마찬가지로, 유대인들도 이집트에서 탈출하여 자유를 얻은 때를 첫 달로 삼는다. 그래서 이 첫 달에 유월절 축제를 열고, 7개월째에 새해를 맞아 초막절 축제를 갖는다.

먹을 수 없는 것

유대인들은 고기에서 피가 전부 빠져 나갔을 때 비로소 고기를 먹는다. 피는 곧 생명이기 때문이다. 그래서 물고기나 짐승의 고기를 먹을 때 그 피를 100% 모두 제거하므로 유대인들이 먹는 고기는 매우 건조하고 깨끗하다.

동물을 때려서 잡으면 피가 굳어버리기 때문에, 유대인들은 그런 방법으로는 절대 짐승을 죽이지 않는다. 또, 전기로 죽이는 방법도 마찬가지이므로 그렇게 하지 않는다.

유대인들은 오래 전부터 동물에게 고통을 주지 않고서 피를 모두 빼내는 방법을 실험해왔다. 먼저 동물을 죽여서 30분 동안 물에 담갔다가, 굵은 소금을 뿌려서 그 소금이 피를 흡수하게 한다.

굵은 소금을 뿌리면 소금 주변에 피가 흡수되어 붉은 피의 테가 눈으로 볼 수 있을 만큼 생긴다. 이때 흡수된 피는 물로 씻는다. 고기 중에서 간장이나 심장과 같이 특히 피가 많은 부분은 피를 모두 증발시키기 위하여 불에 구워야 한다. 그러나 이것은 피가 더럽다는 생각 때문에 그렇게 하는 것이 아니다.

유대인 중에 닭이나 소를 도살하는 사람은 전문가이기 때문에 랍비처럼 특별한 훈련을 받은 해부학의 권위자들이며, 그들은 신앙심도 대단히 두터워 사람들로부터 존경을 받는다.

유대인들은 이미 4천 년 전부터 해부학에는 특히 조예가 깊었다. 탈무드에도 랍비가 인체 해부까지 했다는 이야기가 나올 정도인데, 당시 이미 해부의 지식을 완전히 알았던 것으로 추측되고 있다.

짐승을 도살하거나 해부할 때는 매우 잘 드는 칼을 사용한다. 칼은 쓸 때마다 숫돌에 날을 갈아 세운다. 그리고 도살할 짐승을 거꾸로 매달아 놓고 목을 잘라 피가 콸콸

쏟아져 나오게 한다.

짐승을 죽인 사람은 그 짐승을 자세하게 조사한다. 그것은 어느 나라의 식육 검사보다도 철저하다. 미국의 농림성 검사에서 먹어도 좋다고 판정한 것도, 먹지 못한다고 판정하는 경우가 많다. 미국의 농림성은 200년간의 역사를 가졌지만 유대인은 수천 년의 역사를 가졌기 때문인지도 모른다.

유대인들에게 피를 기피하는 관념은 없다. 제단에 양을 제물로 바칠 때도 피를 더러운 것으로 취급하지 않는다. 또, 탈무드는 다른 사람들은 새우를 먹고 있는데 유대인들은 새우를 먹지 않는다고 해서, 유대인들이 더 위생적이라고 말하지 않는다. 왜냐하면 유대인들이 새우를 먹지 않는다고 해서 새우가 좋지 않다고는 말할 수 없기 때문이다. 여기에는 어떤 이유도 없으며, 다만 하나님이 유대인들에게 새우를 먹지 말라고 말씀하셨기 때문에 먹지 않을 뿐이라는 것이다.

또, 유대인들은 네 발을 가진 동물 중에서도 2개 이상의 위를 가지고 있고 발굽이 2개로 갈라진 동물이 아니면 먹지 않는다. 따라서 위가 하나뿐인 돼지와 발굽이 갈라져 있지 않은 말은 식용으로 하지 않는다.

편역자 주 물고기도 지느러미와 비늘이 없으면 먹지 않기 때문에, 미꾸라지와 뱀장어도 먹지 않는다. 또, 고기를 먹고 사는 새 종류도 먹지 않는다. 그래서 독수리나 매 같은 새도 먹을 수 없다.*

---

* 유대인이 먹는 음식에 관해서는 편역자의 저서 《IQ는 아버지 EQ는 어머니 몫이다》 제3권 제7장 VI. 2. '유대인의 코셔 음식 계율' 참조.

거짓말

어떤 경우에 거짓말을 해도 용서받을 수 있을까? 탈무드에는 2가지 경우에 한해서는 거짓말을 해도 좋다고 되어 있다.

첫째, 누가 이미 물건을 산 뒤 어떠냐고 의견을 물으면, 설령 그것이 좋지 않아도 좋은 것이라고 거짓말을 하라.

둘째, 친구가 결혼을 했을 때는 반드시 부인이 정말 미인이니, 행복하게 살라고 거짓말을 하라.

착한 사람

세상에는 4가지 필요한 것이 있다. 금, 은, 철, 구리가 그것이다. 그러나 이것들은 그 대용품을 구할 수가 있다. 정말로 다른 어떤 것으로도 바꿀 수 없는 것으로서 필요한 것은 착한 사람이다.

탈무드에 의하면, 착한 사람은 큰 야자나무처럼 무성하게 마련이고, 레바논의 큰 백향목처럼 늠름하게 하늘 높이 치솟아 있는 것이라고 한다. 야자나무는 한번 잘라 버리면 다음에 싹이 터 자랄 때까지 4년이란 세월이 걸리고, 레바논의 백향목은 아주 멀리에서도 볼 수 있을 만큼 크게 자란다.

동전(주즈)

탈무드 시대의 유대인 가정에서는 안식일 전날인 금요일 저녁에, 어머니가 반드시 촛불을 켠다. 그리고 아버지는 아이들의 머리에 손을 얹고 축복 기도를 해준다.

유대인 가정에서 촛불을 켤 때 '유대 민족 기금(Jewish National Fund)'이라고 쓴 상자를 준비한다. 이때 아이들에게는 미리 동전이 주어지고, 어머니가 불을 붙이면 아이들은 그 돈을 상자에 넣는다. 이런 방법으로 유대인들은 자선 행위를 어릴 때부터 가르치고 있다.

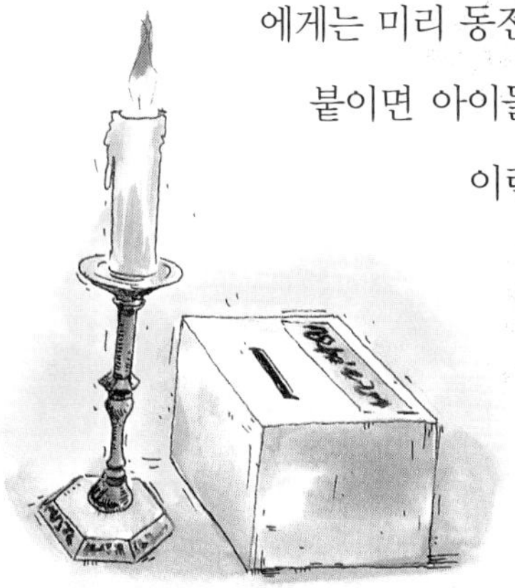

금요일 오후가 되면 가난한 사람들은 도움을 받기 위하여 부잣집들을 돈다. 그러면 그 집의 부모는 자신들이 가난한 사람들에게 직접 돈을 건네주는 것이 아니라, 반드시 아이들이 상자 속의 돈을 꺼내어 주게 한다. 이렇게 하는 것은 아이들에게 자선을 베푸는 마음을 심어주기 위해서다.

지금도 유대인들은 세계에서 자선을 위하여 가장 많은 돈을 쓰는 민족으로 인정받고 있다.

편역자 주 '주즈'는 히브리어로 '동전'이란 뜻이다. 이것은 동시에 화폐 단위이기도 하며, '움직인다'는 뜻도 갖고 있다.

전 세계 유대인은 금요일에 해가 져 안식일이 시작되면 촛불을 켠다. 그리고 자녀들에게 자선 헌금을 드리도록 교육시킨다.
사진은 어머니가 자녀에게 쩨다카(선행) 상자에 구제헌금(동전)을 넣게 하는 모습.

2개의 머리

탈무드에는 어떤 사고법을 단련시키기 위하여 현실성이 부족할지는 모르지만 어떤 원리를 세우는 이야기들이 많이 기록되어 있다. 그 한 가지 예를 들어 함께 생각해보기로 하자.

현실과 거리가 있기는 하지만, 다음과 같은 가설적인 질문이 있다고 하자.

"만일 2개의 머리를 가진 어린아이가 태어났다면, 이 아이를 한 사람으로 대우해야 하는가, 아니면 두 사람으로 대우해야 하는가?"

이 질문은 얼핏 생각하기에는 터무니없는 것 같지만, 예를 들어 "인간은 설령 머리가 둘이더라도 몸통이 하나

면 한 사람이다."라든지, "머리 하나를 한 사람으로 취급해야 한다."라는 원칙을 확립하기 위해서는 극히 필요한 가설이다.

유대인은 어린아이가 태어나 한 달이 지나면 회당으로 데리고 가서 축복 기도를 받는다. 그런데 이때 머리가 둘이면 두 번 축복 기도를 받아야 하는가? 아니면 몸통이 하나이니까 한 번만 받아도 되는가?

또, 기도할 때는 작은 주발(周鉢)을 머리 위에 얹는데 이 때 머리가 둘이니까 2개의 주발을 얹어야 하는가? 또는 몸통이 하나이니까 한 개의 주발을 얹어야 하는가?

여러분은 이 가설에 대해 어떤 결론을 내리겠는가? 탈

무드의 답은 아주 명쾌하다. 한쪽 머리에 뜨거운 물을 부어, 다른 쪽 머리도 뜨겁다고 비명을 지르면 한 사람이고, 만일 다른 쪽 머리가 무표정하게 있으면 두 사람으로 생각해야 한다고 되어 있다.

나는 유대인들이 어떤 민족인가를 이야기할 때, 이 이야기를 곧잘 인용한다. 결국 이스라엘에 있는 유대인들이 박해를 받거나 러시아에 있는 유대인들이 박해를 받았다는 이야기를 들었을 때, 그 고통을 느끼고 비명을 지른다면 그는 유대인이고, 비명을 지르지 않는다면 그는 유대인이 아닌 것이다.

탈무드에는 이와 같이 응용 범위가 넓은 우화들이 매우 많다. 왜 랍비들은 설교를 할 때 이와 같이 어려운 우화를 인용했을까? 그것은 사람들이 설교는 쉽게 잊지만, 우화의 교훈은 오래도록 지니고 있기 때문이다.

간음

탈무드 시대에 만약 아내가 다른 남자와 성적인 관계를 가졌다면 이것은 물론 남편에 대한 죄였다. 따라서 남편이 아내 또는 아내의 정부(情夫)에 대하여 어떠한 제재를 가해도 좋게 되어 있었다. 남편은 처벌할 수도 용서할 수도 있었다. 그러나 그것은 다른 민족의 경우다.

유대인의 경우에 그렇게 하는 것은 하나님께 대한 모독이다. 따라서 남편은 아내를 용서할 권리가 없었다. 아내는 유대인의 세계가 규범으로 정하고 있는 율법에 대하여 죄를 지은 것이다. 말하자면, 그런 행위를 인간에 대한 죄가 아니고 하나님에 대한 죄라고 여긴다.

편역자 주 유대인의 규범은 하나님이 그들에게 시내산에서 주신 율법에 기초하여 만들어졌다. 따라서 성경을 모르면 유대인의 삶을 이해할 수도 없고 설명할 수도 없다. 앞의 경우 하나님이 주신 십계명 중 일곱 번째 율법을 어겼기 때문에 하나님께 죄를 지은 것이다.

자백

유대인의 법에서는 자기 자신에게 불리한 증언을 하는 것은 무효가 된다. 따라서 자백이란 인정되지 않는다.

왜냐하면 오랜 경험에 의해서 고문으로 자백을 받아내는 경우가 많다는 것을 알고 있기 때문이다. 그러므로 이스라엘에서는 지금도 자백에 의한 죄는 무효다.

성에 대하여

~ 성관계는 올바르고 깨끗하게 행하면 기쁨이 된다. 성에 대하여 추하다거나 부끄럽다는 말을 써서는 안 된다. 탈무드에 보면 "모든 교사는 아내를 얻지 않으면 안 되며, 모든 랍비는 결혼한 사람이어야만 된다."라는 말이 있다. 이것은 아내가 없는 사람은 완전한 인간이 될 수 없다는 사상에서 유래한 것이다.

~ 탈무드에서는 성을 일컬어 '생명의 강' 이라고 한다. 강물은 때로는 홍수를 일으키고 온갖 것을 파괴하기도 하지만, 때로는 갖가지 풍성한 열매를 맺게 하므로 이 세상에 없어서는 안 되는 것이기도 하다.

∾ 남자의 성적 흥분은 시각을 통해서 일어나고, 여자는 성적 흥분은 피부의 감각을 통하여 일어난다.

탈무드에서는 남자들에게 "여자와 몸이 닿지 않도록 주의하라."고 했고, 여자들에게는 "특히 옷 입는 법에 주의하라."고 경고하고 있다.

계율이 엄격한 유대인 사회에서는 상인이 거스름돈을 줄 때도 여자 손님에게는 결코 손으로 직접 건네주지 않는다. 그들은 반드시 거스름돈을 어딘가에 놓아서 손님이 가져가게 한다. 또, 계율을 엄격하게 지키는 이스라엘의 여성들은 미니스커트 따위는 결코 입지 않고, 긴 소매에 긴 스커트를 입는다.

∾ 랍비는 성행위 때 남성이 절정에 이를 때와 여성이 절정에 이를 때에 시간적 차이가 있음을 잘 알고 있다. 즉 여성이 흥분하기도 전에 남성은 행위를 끝낼 수도 있다. 남편이 아내의 허락 없이 일방적으로 아내를 끌어안는 것은 강간이나 다름없기 때문에, 남편이 아내와 성관계를

유대인 남자는 계율에 따라 여성과의 스킨십을 피하기 위하여 상점에서 거스름돈을 줄 때도 손과 손이 마주치지 않도록 동전을 접시에 담아 주거나 위에서 떨어뜨려 준다. 사진은 유대인 남성 상점 점원이 여성 고객에게 거스름돈을 떨어뜨려 주는 모습.

맺을 때는 아내를 반드시 설득해야 한다. 상냥하게 말을 걸고 사랑이 넘치는 애무를 해주는 시간을 충분히 갖지 않으면 안 된다.

월경(月經) 중에는 아내를 멀리해야 한다. 월경 후에도 7일간은 성관계가 금지되어 있다. 따라서 아무리 부부 사이라 해도 약 12~13일간은 절대로 관계를 가질 수 없다. 그동안 아내에 대한 남편의 그리움이 깊어져서, 계율의 날짜가 지나면 부부는 항상 신혼 때와 같은 관계를 되풀이할 수 있다.

편역자 주 유대인의 율법에는 여성의 월경은 '부정' 한 것으로 되어 있다. 따라서 여성의 월경이 시작된 날부터 끝날 때까지는 남편과의 접촉이 금지되어 있다. 월경이 끝난 것은 피의 색깔로 분별한다. 모호할 때는 이를 판정해주는 랍비가 따로 있다.*

결혼한 여자는 절대로 외간 남자와 성관계를 맺어서는 안 된다. 그러나 남자는 허용된다. 탈무드 시대의 남자에게는 두 사람 이상의 아내를 얻는 일이 허용되었지만, 일부일처(一夫一妻) 제도가 확립된 이후부터는 누구나 아내를 한 사람 이상은 갖지 않았다.

아내 이외에 다른 여자를 갖는 것은 성실성이 없는 남편이라는 개념이 생겼기 때문이다. 그러나 탈무드에는 매춘부를 사는 얘기가 몇 가지 기록되어 있다. 자위행위를 하는 것보다는 차라리 매춘부를 사는 것이 낫고, 아내가 계속 거절할 때 매춘부를 찾아가는 것은 기혼자라 해도

* 자세한 것은 저자의 저서 《IQ는 아버지 EQ는 어머니 몫이다》(전 3권) 제3권 제6부 제5장 II. 1. B. '유대인 여성의 특별한 임무와 정결예식(Mikkvah)' 참조.

부득이하다는 생각이었다. 유대인 매춘부는 돈 때문에 몸을 팔면 천한 여자라고 생각했다. 그러나 유대인 사회는 학문을 중하게 여기고 계율을 존중하고 종교를 존중하기 때문에 매춘 행위가 성행할 요소는 별로 없었다.

∾ 탈무드 시대부터 랍비들은 피임법에 정통했다. 그렇기 때문에 누가 어떤 피임법을 쓸 것인가는 모두 랍비가 지도했는데, 피임법은 여자만이 사용했다. 탈무드에는 피임법을 써도 좋은 3가지 조건이 있었다. 그것은 임신한 여자, 아이를 키우고 있는 여자, 그리고 어린 여자의 경우였다.

임신한 여자에게 피임법을 써야 하는 이유는, 그 당시 랍비들의 지식으로는 임신 중에도 또 임신하게 되는 경우가 있을지 모른다고 생각했기 때문이었다. 그리고 아이를 키우고 있는 여자의 경우는, 어린아이가 네 살이 될 때까지는 보살펴주는 것이 당연하다고 생각하여 이 기간에 또 임신하는 것은 별로 장려되지 않았기 때문이었다.

어린 여자의 경우는, 아무리 결혼한 사이라 하더라도

해롭다고 생각했기 때문이다. 이 밖에 흉년이 들었을 경우, 민족적인 위기를 당했을 경우, 그리고 전염병이 퍼지고 있을 경우 등에도 피임법을 쓰도록 장려했다.

동성애

랍비들에게 있어서 동성애는 용서할 수 없는 행위였다. 유대인들 사이에는 동성애의 예가 극히 적었다. 왜냐하면 아주 강한 아버지와 자상하고 상냥한 어머니, 이것이 유대인 남녀의 이상형이었기 때문이다.

사형

법원에서 사형 판결을 내릴 경우, 판결이 판사들의 전원 일치로 이루어지면 그 판결은 무효다. 그것은 재판에서는 항상 2가지 견해가 존재하게 마련인데, 한 가지 견해밖에 나타나지 않은 것으로 보아 재판의 공정성에 문제가 있었다고 생각했기 때문이다.

그래서 사형이라는 극형을 결정할 때도 판사 전원의 의견 일치로 이루어지면 그 사형 판결은 무효라는 규정이 있었다.

물레방아

A와 B, 두 사람이 있었다. 그런데 A는 B에게 물레방아를 빌려 주었다. 그 조건은 B가 A의 곡식을 모두 찧어 주고, 그 대신 B가 A의 물레방아를 사용한다는 것이었다. 그러는 동안에 A는 많은 돈을 벌어서 다른 물레방아를 몇 개 더 샀기 때문에 곡식 찧는 일을 B에게 맡길 필요가 없게 되었다. 그래서 어느 날 A는 B에게 가서 사용료를 돈으로 달라고 했다. 그러나 B는 사용료 대신 A의 곡식을 계속 찧어 주고 싶었다.

이런 경우에 어떻게 하면 좋을까?

탈무드의 판결은 이러했다.

만약 B가 A의 곡식을 찧어 주지 않고는 사용료를 지불할 능력이 없다면, 계약대로 사용료 대신 A의 곡식을 계속 찧어 주어야 한다. 그러나 A가 아닌 제3자의 곡식을 찧어서 돈으로 사용료를 지불할 수 있다면 돈으로 지불해야 한다.

고용계약

고용주와 종업원 사이에 계약을 맺었다. 종업원은 고용주를 위하여 일을 하고 일주일마다 임금을 받기로 했다. 그런데 현금이 아니라 근처의 슈퍼마켓에서 그 금액에 상당하는 물건을 사면, 고용주가 상점에 그 대금을 지불한다는 조건이었다.

일주일이 지나자 종업원은 불만스러운 얼굴로 고용주에게 찾아와서 말했다.

"슈퍼마켓에서는 현금이 아니면 물건을 팔지 않겠다고 하니 현금으로 지불해주십시오."

그런데 느닷없이 슈퍼마켓 주인이 찾아와서 말하는 것이었다.

"댁의 종업원이 물건을 이만큼 가지고 가서 대금을 받으러 왔습니다."

이 경우에 고용주는 어떻게 해야 하는가?

먼저 사실을 확인할 필요가 있어서 아무리 조사를 해 보아도 종업원이나 슈퍼마켓 주인이 말한 사실을 증명할 만한 것이 없었다. 탈무드에서도 어떻게 하면 좋을지 몰랐다. 두 사람 모두 하나님의 이름으로 선서까지 했지만 자신들의 주장을 굽히지 않았다. 따라서 탈무드는 고용주에게 양쪽 모두에게 지불하라고 했다.

왜냐하면 종업원은 슈퍼마켓 주인의 청구와는 직접적인 관계가 없으며, 슈퍼마켓 주인도 종업원과는 직접적인 관계가 없었기 때문이다. 그러나 고용주는 양쪽에 다 같이 관계가 있으므로, 그런 관계를 가진 이상 양쪽 모두에게 책임이 있기 때문에 양쪽 모두에게 지불하라고 한 것이다.

이것은 탈무드 안에서도 오랫동안 토의되어온 항목이지만 이 의견이 가장 타당하다. 어느 한쪽이 거짓말을 하고 있을지도 모르지만, 그들은 선서를 했고, 고용주는 양

쪽 모두에 관련되어 있으므로 어쩔 수가 없는 일이다. 이것은 경솔한 계약 행위를 함부로 해서는 안 된다는 것을 암시해주는 교훈이다.

광고

현대 사회는 광고를 할 때 지나친 과장이나 허위로 하는 것을 금지하고 있다. 그런데도 자동차나 맥주, 전자제품 등 홍수처럼 쏟아져 나오고 있는 광고를 보면, 광고가 반드시 올바른 정보만을 전달하고 있는 것으로는 생각되지 않는다. 예를 들어 어떤 회사의 상품이 다른 회사의 상품보다 특별하게 우수하다고 선전하고 있지만, 반대로 다른 회사의 상품 광고를 보면, 역시 그들도 똑같은 선전을 되풀이하고 있는 것이다.

그리고 상품과는 관계없는 포장이나 디자인도 많이 이용되고 있는데, 오늘날에는 그와 같은 일이 관습이 되어, 오히려 좋은 판매 방법이라고까지 인식되고 있기 때문이다.

예를 들어 미국의 담배 광고에는 아름다운 아가씨가 승용차 안에서 담배를 맛있게 피우고 있는 장면이 나온다. 물론 이 광고에서 거짓말을 하고 있는 것은 아니지만, 실제로 이 아름다운 아가씨와 담배를 피우고 있는 사람들과는 아무런 관계가 없다.

탈무드는 이와 같은 판매 방법을 금지하고 있다. 이것은 어떤 의미에서 보면, 사람들을 속이고 있는 것이라고 말할 수 있기 때문이다. 탈무드는 소를 팔 경우 다른 색을 칠하지 못하도록 하고 있고, 또 여러 가지 도구로 색깔을 칠하여 새것으로 보이게 위장하는 것도 금하고 있다. 결국 소비자를 속일 목적으로 상품에 색깔을 칠하는 것을 금하고 있는 것이다.

탈무드에는 어떤 늙은 노예가 머리에 염색을 하고 얼굴에 화장을 해서 자신을 젊어 보이게 하여 사는 사람을 속였다는 얘기가 실려 있다. 또, 과일가게에서 신선한 과일을 오래된 과일 위에 올려놓고 파는 것도 안 된다고 말하고 있다.

또, 탈무드에는 건물의 안전 규정에 대해서도 차양 길

이의 제한서부터 발코니 기둥의 굵기 등에 이르기까지 아주 상세하게 규정되어 있다. 그리고 노동 시간에 대해서는 그 지방에서 상식적으로 통하는 관례 이상으로 일을 시켜서는 안 된다고 말하고 있다.

또, 과일을 따는 노동자를 고용했을 경우, 그 노동자가 일하는 동안 어느 정도의 과일을 따 먹는 것은 금할 수 없다고 말하고 있다.

탈무드에서는 상품을 팔 때 그 물건과 성질이 다른 상품명을 붙이지 못하도록 금하고 있다. 오늘날 미국의 광고에서는 '킹 사이즈' 니 '풀 야드' 니 하는 과장된 말들이 사용되고 있다. '풀 야드' 라고 해야 사실은 1야드에 지나지 않으므로 탈무드에서는 일찍이 이런 말의 사용을 금했던 것이다.

소유권

소유권에 대하여 얘기해보자. 만약 동물을 가진 사람이라면 자신이 가진 동물에 낙인을 찍어 자신의 것임을 증명할 수 있다. 시계 따위에는 이름을 새길 수도 있고 양복에는 이름을 박아 넣을 수도 있으며, 자동차나 가옥과 같이 큰 소유물은 관청에 가서 등기를 할 수가 있다. 그러나 물건에 따라서는 이름을 써 넣거나 등기하기 곤란한 것도 있다. 그런 경우는 어떻게 소유권을 증명하는 것이 좋겠는가?

먼저 여러 가지 경우에 대해서 생각해보고 원칙을 정한다는 것이 탈무드의 진행 방법이다. 왜냐하면 어떤 경우는 물건에 따라 가격의 차이가 있어서 원칙을 정해놓지 않으면 판단이 곤란하기 때문이다.

두 사람이 각각 극장에 갔는데, 마침 중앙에 2개의 빈 좌석이 있어서 거기에 앉으려고 했다. 그런데 그 앞에 주인을 알 수 없는 돈이 있었다. 두 사람이 그것을 동시에 발견했으므로, 그들은 그 돈이 서로 자신의 것이라고 주장했다. 이런 경우에 당신이라면 어떻게 해결하면 좋을까?

여기에 대해서는 탈무드에도 여러 의견이 있다. 먼저 두 사람이 나누어 가지면 좋겠다는 견해가 있지만, 이것은 원칙적으로 그럴 수가 없다. 왜냐하면 만약 법정에 가서 나누게 되면 뒤에 앉아 있던 사람이나 옆에 앉아 있던 사람들까지도 모두 자신의 것이라고 주장할 수 있기 때문이다. 그것을 발견한 사람에게 권리가 있다고 전제한다면, 발견하지 않고서도 나서는 사람에게까지 권리가 생긴다는 것은 곤란한 일이다.

그래서 탈무드는 "성서에 손을 얹고 선서하라. 그리고 양심에 비추어도 자신의 것이라고 생각한다면 나누어라." 라고 말했다. 그런데 탈무드의 경우는, 누가 어떤 의견을

제시하면, 반드시 그것에 반대되는 의견이 나오는 것이 원칙이다. 그래서 다음에는 "선서도 소용없는 것이 아니냐."는 의견이 나왔다. "자신의 것이라고 선서까지 했는데도 절반밖에 갖지 못한다면, 그것은 선서 자체를 모독하는 짓"이라는 것이 그 이유다.

이번에는 "절반만 자신의 것이라고 선서하면 된다."는 의견이 제시되었다. 그런데 이 경우, 만일 A가 100%, B가 50%의 소유권을 주장하여 법정으로 간다면, A는 2분의 1(50%)의 소유권을 인정받지만, B는 4분 1(25%)의 소유권밖에 인정받지 못한다.

그러나 탈무드에서의 이 논의는 결국 "어떻게 하든 자신에게 소유권이 있다고 선서해야 최후에 자신의 것으로 낙착이 된다."는 것으로 결론지어졌다. 그렇다면 가령 주운 것이 돈이 아니고 고양이었을 경우에는 어떻게 할 것인가?

고양이를 둘로 나눌 수는 없을 것이므로, 이런 경우는 고양이를 팔면 된다. 또는 한 사람이 고양이 값의 절반을 상대에게 주고 고양이를 가져가면 된다. 단, 고양이의 경우는 주인이 나타날 수도 있으므로 일정 기간을 기다렸다가 조처를 취하지만, 돈은 처음부터 주인을 찾을 수 없는 것으로 인정하고 즉시 나누어 가진다.

예를 들어 어떤 사람이 길에 돈을 떨어뜨리고 다른 사람이 그것을 줍고 있을 때, "내가 만 원짜리 지폐를 이 길에 떨어뜨려서 지금 찾으러 오는 길이었다."라고 나서도 그 돈이 정말 그 사람의 것인지는 증명할 수 없다. 설령 그 만 원짜리에 그 사람의 이름이 적혀 있다고 할지라도, 자신을 거쳐 가는 만 원짜리마다 전부 이름을 써 넣은 다음, 그 돈을 볼 때마다 자신의 돈이라고 나선다면 어떻게 되겠는가?

그러나 특별한 서류나 신분증 등과 함께 들어 있어서, 그것이 틀림없이 그 사람의 것이라는 것이 증명되면 문제가 달라진다.

그리고 극장에서의 경우처럼 두 사람이 함께 발견했을 때는 먼저 줍는 사람이 임자라고 되어 있다. 그것을 보았다는 것은 아무도 증명할 수 없지만, 주웠다는 것은 쉽게 증명이 되기 때문에 이것이 하나의 원칙이 되어 있다.

2개의 세계

어떤 두 사람에게 랍비가 이렇게 말했다.

"나는 랍비이므로, 사람들은 나를 전적으로 믿고 있다. 나는 두 사람 중 한 사람에게서 만 원을 빌렸고, 다른 한 사람으로부터는 2만 원을 빌렸다. 그런데 어느 날 두 사람이 와서, 나에게 다 같이 2만 원씩을 갚으라고 했다. 그러나 나는 누구에게서 만 원을 빌렸는지 기억할 수가 없다. 나는 과연 어떻게 하면 좋을까?"

이에 대하여 탈무드에는 2가지 견해가 있다.

"누구에게 2만 원을 빌렸는지는 기억할 수 없지만, 두 사람에게서 다 만 원씩 빌린 것만은 틀림이 없다. 그러니까 우선 두 사람에게 각각 만 원씩은 갚아 주고 나머지 만 원은 증거가 나올 때까지 법정에 맡겨 두도록 한다."

이러한 의견에 대하여 어떤 랍비가 이렇게 말했다.

"두 사람 중 한 명은 도둑이다. 만 원밖에 빌려 주지 않고서 만 원을 더 받아내려고 한다. 그런데 만 원씩을 돌려준다면, 그 도둑에게는 아무런 손해가 없다. 이래 가지고는 사회의 정의가 바로 서지 못한다. 도둑이나 나쁜 사람이 이득을 보거나 벌을 받지 않고 넘어가는 것은 사회 정의에 어긋나는 것이므로, 두 사람에게 한 푼도 갚지 말고 돈을 법정에 예치해 두어야 한다."

"그러면 도둑 쪽에서는 만 원마저 돌려받지 못하면 손해가 되니까, 집에 가서 장부를 다시 살펴보니 2만 원이 아니라 만 원이었다고 말하면서 만 원을 찾으러 올 가능성도 있다."는 것이다.

여기에서 다시 앞에서 예를 든 극장 이야기로 돌아가서, 극장의 경우도 같은 원칙을 적용해야 한다고 생각한다. 돈을 발견한 두 사람 중 한 사람은 틀림없이 거짓말을

하고 있는 것이다. 그런데 거짓말을 한 사람이 그 돈의 절반을 차지한다면, 거짓말을 하고도 이득을 보게 되는 것이므로, 이것은 사회 정의에 어긋난다. 그러므로 확실한 증거가 나올 때까지 그 돈을 법정에 보관해 두어야 한다고 되어 있다.

그런데 극장의 경우는 두 사람이 정말로 동시에 그것을 발견할 수도 있으므로, 그들에게 선서를 시켜도 괜찮다. 그러나 만 원과 2만 원의 경우는 어느 한쪽이 거짓말을 하고 있는 것이 확실하므로, 그들에게 선서를 시킨다는 것은 적합하지 않다.

선서를 허위로 해서는 안 된다는 것은 하나님의 십계명 중의 하나로, 선서를 허위로 하면 서른아홉 번(마흔에서 하나를 감한 매의 수) 채찍으

유대인은 탈무드 논쟁식 교육을 통해 하나님의 지혜의 말씀도 배우게 하고 IQ능력도 개발시킨다. [자세한 것은 '유대인 아버지의 4차원 영재교육'(동아일보, 2006), 제3부 제4장 III. '탈무드 논쟁식 IQ계발' 참조]

로 맞는 벌을 받는다. 선서를 하고도 거짓말을 한다는 것은 하나님에 대한 모독이기 때문이다.

그런데 탈무드에서는 극장의 경우 한 사람이 "이것은 내가 발견했기 때문에 전부 내 것이다."라고 말하고, 또 한 사람도 "이것은 전부 내 것이다."라고 말하며, 선서를 하고서도 자신의 주장을 계속한다면 어쩔 수 없는 일이라고 말한다.

탈무드가 아무리 많은 내용을 담은 책이라 해도 기나

긴 역사를 한정된 지면에 담고 있기 때문에 한 가지 주제에 너무 많은 지면을 할애할 수는 없는데도 이 논쟁은 되풀이되고 있다. 이것은 탈무드에서는 보기 드문 경우다. 그러나 조금 더 깊이 보면 이것은 2가지의 모순되는 일을 되풀이하고 있는 것이다.

그 이유는, 세상의 모든 일에는 2가지 세계가 있다는 사실을 일깨워주기 위한 것이라고 생각된다.

편역자 주 위의 예화들은 유대인의 IQ계발 주제 중의 하나다. 유대인 학교에서는 둘씩 짝을 지어(아버지와 아들 또는 동료 학생끼리) 늘 이런 주제들을 놓고 격렬한 토론을 벌인다. 유대인 중에 법조인이 많은 이유 중의 하나다. 정통파 유대인은 자녀들에게 일반 학교교육은 20% 정도밖에 시키지 않는다.*

---

* 자세한 내용은 편역자의 저서 《유대인 아버지의 4차원 영재교육》(동아일보, 2006), 제3부 '노벨상 30%의 비밀, 유대인의 4차원 영재교육' 참조.

제5장

탈무드의 손

T a l m u d

손은 두뇌의 판단에 의하여 움직인다.
탈무드를 연구하는 사람으로서 탈무드적 사고법을 취해
온 나의 손은 어느덧 탈무드의 메신저가 되어 있다.
여기서는 매일처럼 삶에서 일어나는
어려운 문제들과 고민들을 내가 어떻게
해결해 왔는가에 대한 실례를 소개하겠다.
여태까지의 일화나 격언의 응용 편이다.
독자가 읽어주면 다행이겠다.

형제애

두 형제가 다투고 있었다. 두 사람 중 어느 쪽 의견이 옳고 그른가를 따지는 다툼이 아니라, 돌아가신 어머니의 유언 때문에 일어난 싸움이었다. 어머니의 유언을 해석해보면 제각기 일리가 있었다.

두 형제는 어릴 때부터 전쟁 때문에 독일, 러시아, 시베리아, 만주 등 이곳저곳을 정처 없이 숨어 다닌 탓으로 형제애가 남달리 두터웠다. 그런데 이 유언을 놓고 다투면서 서로 중상하고 반목했다. 형은 동생을 잃고 동생은 형을 잃는 처지가 되고 말았다. 두 형제는 서로 말도 끊은데다가 한 방에 있는 것조차 싫어했다.

어느 날 두 형제는 따로 나를 찾아와 형은 동생을 잃었

음을, 동생은 아끼던 형을 잃었음을 크게 한탄했다. 이것을 보면, 이 두 형제는 애초부터 다툴 마음은 없었던 것이다.

내가 아메리칸 클럽의 강사로 초빙될 기회가 생겨, 주최 측에 부탁하여 두 형제가 서로 모르게 참석할 수 있도록 특별히 부탁했다. 서로가 불편한 관계였기 때문에 평소에 얼굴을 마주치면 이내 헤어져 돌아갔겠지만, 이날만은 초청자의 체면을 생각하여 자리에 앉아 있었다. 필자는 형식적인 인사말을 끝내고 한 편의 탈무드 이야기를 했다.

어느 때인가 이스라엘에 두 형제가 살고 있었다. 형은 나이가 들어 결혼하여 아내와 자식까지 두었고, 동생은 아직 미혼자였다. 두 형제는 하나같이 아주 부지런한 농군이었다. 아버지가 돌아가시자 물려받은 재산을 똑같이 분배했다.

형제는 수확한 사과와 옥수수를 똑같이 나누어 각각 자기 몫을 각자의 곳간에 저장했다. 그러나 밤이 이슥해지자 동생은 "형님은 딸린 식구가 많아 식량이 부족할 테니, 내 몫을 좀 덜어서 드려야지." 하고 형님 곳간으로 많은 양의 사과와 옥수수를 옮겨 놓았다.

그런데 형은 형대로 "나는 아내와 자식들이 있으니 늙어서도 별 걱정이 없겠지만, 동생은 혼자 몸이니 미리 저축해 놓아야 할 거야.", 이렇게 생각하고는 자기 몫을 떼어 동생 곳간에다 옮겨 놓았다.

날이 밝아 형제가 각기 자기 곳간에 가보니 웬일인지 자기 몫들이 조금도 줄지 않고 그대로 남아 있었다. 이런 일이 다음 날 밤에도 또 그 다음 날 밤에도 반복되어 사흘 밤이나 계속되었다.

그러던 어느 날 밤, 두 형제는 전날 밤과 같이 자기 몫을 떼어 상대방의 곳간으로 나르다가 그만 중간에서 서로 맞닥뜨렸다. 그래서 두 형제는 얼마나 서로를 아끼고 있는가를 다시 한 번 깨닫게 되었다. 두 형제는 뜨거운 형제애에 그만 서로를 부둥켜안고 울었다. 그 울었던 곳이 예루살렘의 가장 고귀한 장소로 지금도 알려지고 있다.

나는 이 강연회를 통하여 한 가족의 사랑이 얼마나 값

지고 소중한 것인가에 대해 몇 번이고 강조했다. 그 결과 다투었던 두 형제는 그동안의 반목을 풀고 다시 옛날과 같은 사이로 돌아갔던 것이다.

개와 우유

어느 집에서 개를 기르고 있었다. 개는 이 집 식구들과 오랫동안 함께 생활하여 식구들도 이 개를 아주 귀여워했다. 특히 식구 중에서도 어린 아들 하나가 개를 더욱 좋아했다. 아들은 잠잘 때까지도 침대 밑에다 재우는 등 개와는 한마음이 되어 생활했다.

그러던 중 어느 날 그 개가 그만 죽고 말았다.

아버지는 슬퍼하는 아들에게 개는 언젠가는 꼭 죽게 되므로 어쩔 수 없는 일이라고 달랬다.

아들은 제 형제처럼 가깝게 지냈던 아주 충직한 친구를 잃어 슬퍼하면서 개를 집 뒤뜰에 묻겠다고 말했다. 물론 아들도 개와 사람은 서로 다르다는 것은 알고 있었지

만, 그 개를 아무 곳에나 내다 버리는 것은 참을 수 없다고 생각했다.

하지만 아버지는 개를 집 안에다 묻는 것을 반대하여 식구들 사이에 말다툼이 일어났다. 이렇게 되자 아버지는 내게 전화를 걸어 유대 전통에 개를 묻어주는 의식도 있는가를 물었다.

나는 그 이야기를 처음 들었을 때, 어떻게 대답해야 할지 망설여졌다. 지금까지 숱한 상담을 해왔지만 개에 대한 것은 이번이 처음이었던 것이다. 그러나 얼핏 머리에 떠오른 것은 개의 죽음을 슬퍼하고 있을 어린 아들의 모습이었다. 그래서 나는 일단 그 집을 한번 찾아가 보겠다고 약속했다. 랍비는 관례상 그런 상담을 전화로 하지 않는다. 본인과 직접 만나 의견을 나누는 것이 통상적인 자세다.

그 집을 찾아가기 전에 탈무드에 개에 관한 어떤 이야기가 있는가를 찾아보았다. 마침 탈무드에는 다음과 같은 좋은 이야기가 있었다.

집 안에 우유가 있었는데, 뱀 한 마리가 마침 그 우유

속으로 들어갔다. 옛날 이스라엘의 농촌에는 뱀이 많았다. 그런데 그 뱀이 독사였으므로, 우유에는 뱀의 독이 녹아들었다. 이런 사실을 알고 있는 것은 집에 있던 개뿐이었다. 그 뒤 식구들이 우유를 꺼내 먹으려 하자 개가 몹시 짖어대기 시작했다. 그러나 식구들은 그 개가 왜 그렇게 심하게 짖어대는지 알지 못했다.

그때 식구 중 한 사람이 그 우유를 마시려 하자 개가 갑자기 덤벼드는 바람에 우유가 엎질러지고 말았다. 개는 그것을 핥아 먹고는 곧 죽었다. 그제서야 식구들은 그 우유에 독이 들어 있다는 사실을 알게 되었다. 그렇게 죽은 개는 랍비들로부터 칭송을 받았다.

나는 그 집을 찾아가 식구들에게 탈무드에 있는 이 이야기를 들려주었다. 그제서야 아버지의 마음은 점점 풀어졌고, 어린 아들의 희망대로 그 개는 집 안 뒤뜰에 묻혔다.

당나귀와 다이아몬드

어떤 유대 부인이 백화점에 들려 물건을 샀다. 집에 돌아와 짐 꾸러미를 풀어보니, 짐 속에는 자신이 사지 않은 것이 들어 있었다. 그것은 보석이었고 매우 값이 비싼 듯 보였다. 부인이 백화점에서 구입한 것은 양복과 외투였다.

부인은 아들과 단둘이 살고 있어 생활의 여유 같은 것은 없었지만, 보석 이야기를 어린 아들에게 해주고, 둘이 랍비인 나를 찾아와 의논했다. 그래서 나는 탈무드의 이야기를 해주었다.

어떤 랍비 한 사람이 나무장수로 생계를 꾸려가고 있

었다. 그는 산에서 나무를 하여 시내로 져다 팔았다. 그는 나무를 팔기 위해 오고 가는 시간을 절약하여 그 시간에 탈무드 공부를 할 생각으로 당나귀를 사기로 결심했다.

그래서 그는 시내 장터의 한 아랍인으로부터 당나귀를 사들였다. 제자들은 랍비가 당나귀를 산 것을 기뻐하며, 냇가에서 당나귀를 물로 씻어주었다. 그러자 당나귀의 목에서 다이아몬드 한 개가 떨어졌다. 제자들은 크게 기뻐하면서 이제 랍비는 가난을 면하고 자신들을 가르칠 시간이 많아지겠다고 즐거워했다.

그러나 랍비는 당나귀를 판 아랍인에게서 얻은 다이아몬드를 즉시 돌려주라고 제자에게 명했다. 그러자 제자가 물었다.

"선생님이 산 당나귀가 아닙니까?"

랍비는 이렇게 대답했다.

"내가 산 것은 당나귀이지 다이아몬드를 산 것이 아니야. 나는 내가 돈을 주고 산 것만 가지면 되는 거야."

그래서 랍비는 아랍인에게 다이아몬드를 돌려주었다. 그러자 아랍인은 물었다.

"당신은 이 당나귀를 샀고 다이아몬드도 이 당나귀에서 나왔는데, 왜 그것을 내게 돌려주는 것이오?"

랍비가 대답했다.

"유대의 전통은 돈을 내고 산 물건 이외에 더 가져서는 안 됩니다. 그래서 돌려주는 것입니다."

이에 아랍인은 "유대인들의 신은 참으로 훌륭한 신이군요." 하며 칭송했다.

여기까지 말을 들은 부인은, 곧 돌려주러 갈 생각인데

무슨 말을 어떻게 해야 하는지를 내게 물었다. 나는 "그 보석의 주인이 백화점인지 물건을 팔던 점원인지는 알 수 없으나, 왜 돌려주느냐고 물으면 유대인이기 때문이라고만 말하시오. 그리고 돌려주려고 갈 때는 아들을 데리고 가서 그 모습을 보여주시오. 아들은 어머니의 정직함을 영원히 잊지 않을 테니까요." 하고 말했다. **편역자 주** 유대인 랍비는 언제나 탈무드적 삶을 자녀에게 전수하도록 가르친다. 그들의 모든 절기에 온 가족 3대가 함께 지내는 이유가 여기에 있다. 그래서 그들은 자손 대대로 세대차이가 없다. 우리도 이런 점을 배워야 한다.

벌금

어떤 유대인 회사에서 유대인 사원이 일하고 있었다. 그런데 어느 날 그 사원이 회사 공금을 가지고 달아나버렸다. 사장은 크게 화가 나서 경찰에 신고하려 했다. 그때 회사 책임자가 랍비인 나를 찾아와 처리 문제를 의논했다.

그래서 나는 신고하기 전에 먼저 그 사람이 정말 돈을 가지고 달아났는지 확인해보는 것이 좋겠다고 일러주었다. 만일 그 사람이 공금을 가지고 도망했다 하여 경찰에 고발하면 그가 감옥에 들어갈 것이 틀림없을 것이고, 그렇다면 그것은 유대인이 취할 현명한 태도가 아니라고 일러주었다.

왜냐하면 그 절도범이 감옥에 갇히면 공금을 받기가 어렵게 될 것이기 때문이다. 그보다는 먼저 가져간 돈을 돌려받고, 거기에 덧붙여 벌금을 물게 하는 게 낫겠다고 했다.

공금을 갖고 달아난 사람을 찾아내어 그 말을 전하자, 그는 이미 가지고 있는 돈이 하나도 없다고 대답했다. 그래서 그를 경찰에 고발하지 않고 대신 내 방에서 재판을 했다.

범인은 감옥에 갇히는 것보다 그 시간에 일을 해서 돈을 벌어 횡령한 돈을 조금씩 나누어 갚기로 합의했다. 그리고 동시에 벌금을 물고 그 벌금의 금액만큼 자선 행사에 쓰기로 했다.

유대인의 사회에서, 이를테면 A라는 사람이 100만 원을 훔쳤기 때문에 랍비에게 재판을 받고 벌금까지 110만 원을 갚으면, 그때부터 그는 전과가 없어지고 결백한 사람으로 돌아가는 것이다. 이때 돈을 잃었던 사람이 "저 녀석은 돈을 훔친 놈이다."라고 말하면, 오히려 욕을 한 사람이 나쁜 사람으로 취급된다.

이런 경우 벌금이 대개 약 20% 이상이 된다. 벌금을 매길 때는 엄격한 규칙이 적용된다. 예를 들어 무엇을 언제 훔쳤는가, 그것을 사용하여 돈을 벌었는가, 밤에 훔쳤는가, 낮에 훔쳤는가, 아침에 훔쳤는가를 따져 여러 가지 조건에 따라 벌금이 정해지는 것이다.

탈무드에서는 말을 훔쳤을 때 가장 많은 벌금을 물게 한다고 했다. 왜냐하면 훔친 말로 돈을 벌 수도 있기 때문이다. 반대로 말을 잃은 사람은 그만큼 어려움을 겪기 때문이다. 오늘날에는 말과 같은 것이 화물차가 되겠지만, 이 경우에는 400% 이상의 벌금을 물게 된다. 그리고 보통 당나귀가 말보다는 벌금이 적다. 이것은 말이 순하고 훔치기도 쉽기 때문이다. 남의 것을 훔친 사람의 입장도 참작된다. 굶주림에 허덕이는 사람이면 20% 정도의 비교적 적은 벌금이 부과된다.

옛날 이스라엘에서는 훔친 돈이나 벌금, 또는 이자를 물지 않으면 관청에서 대신 지불하도록 되어 있었다. 최악의 경우에는 감옥에 가두기도 한다. 그러나 감옥에 감금하는 것은 근본적인 해결책이 아니라는 것이 유대인들

이 가지고 있는 사고방식이다.

편역자 주 이 예화는 유대인 중에도 도둑이 있다는 것을 보여준다. 사람 사는 곳에는 다 문제 있는 사람들이 있게 마련이다. 다만 그 수가 다른 이방인에 비하여 얼마나 적고 많으냐가 문제다. 그리고 여기에서 보여주는 좋은 교훈은 상대방 또는 자녀의 죄를 무조건 용서해주는 것이 아니라는 점이다. 상대방이 재판을 통하여 잘못을 인정하고, 당연히 죄에 합당한 벌금을 바치게 해야 한다는 점이다. 유대인이셨던 예수님이나 사도들도 회개에 합당한 열매를 맺으라고 가르치셨다(마 3:8; 눅 3:8; 행 26:20). 그래서 천주교에서는 고해성사 후에 신부가 그에 상응하는 의무를 지우는 보석(保釋)을 준다. 이것은 인성교육상 대단히 중요하다. 구원을 위한 예수님의 용서는 더 신학적인 설명이 필요하기 때문에 여기서는 피한다.

아기냐, 산모냐

어느 유대인 산모가 심한 난산(難産)으로 목숨이 위태로워졌다. 나는 한밤중에 산모 남편의 부름을 받고 병원에 갔다. 산모는 출혈이 심하여 몹시 고통스러워하고 있었다. 그 산모가 처음 낳는 아기였다. 검진을 마친 의사는 산모의 목숨을 건지기가 어렵다고 말했다.

그래서 나는 배 속의 아기는 어떠냐고 물었다. 의사는 잘 알 수 없다고 했다. 결국 산모와 아기 중 누구를 구하느냐 하는 심각한 순간에 서게 되었다.

이 부부는 이 첫 아기를 몹시 기다리고 있었다. 산모는 자신이 죽더라도 아기만은 살려달라고 부탁했다. 여러 가지 의견이 나왔으나 결론이 나지 않자 결국 나에게 결정

권이 주어졌다.

나는 먼저 내가 내리는 결정은 나 개인의 생각에 의한 결정이 아니고, 탈무드와 유대인의 오랜 전통에 입각한 결정이므로 이에 반드시 따르겠는가를 다짐했다. 부부는 유대인의 전통이라면 결정에 따르겠다고 동의했다.

나는 곧 산모를 살리고 아기를 포기하라고 결정했다. 그러자 산모는 그것은 살인 행위라고 반대했다. 하지만 유대인의 전통에 의하면 태어나기 전의 아기는 생명이 없는 것으로 되어 있다. 배 속의 태아는 산모의 일부분인 것이다.

생명을 구하기 위하여 몸의 일부분, 즉 팔이나 다리를 잘라내는 일도 있다. 유대의 전통에는 이러한 경우 반드시 산모의 생명을 구하도록 되어 있었던 것이다.

그 자리에는 가톨릭 신부도 있었는데 그는 아기를 구하고 산모가 희생되어야 한다고 주장했다. 가톨릭에서는 임신이 되면 이미 새 생명이 이루어진 것으로 여기므로, 가톨릭 측에서 보면 산모는 이미 세례를 받아 구원받았으나 배 속의 태아는 아직 세례를 받지 못한 경우가 되는 것

이다. 그래서 천주교인들은 유대인들의 결정에 수긍이 가지 않는다고 의아해했다. 그러나 부부는 내 결정에 따랐기 때문에 산모는 생명을 구했고, 그 뒤 곧 두 번째 아이가 이 세상에 태어났다.

불공정 거래

어느 날 한 상인이 나를 찾아왔다. 그는 다른 상점에서 물건들을 터무니없이 싸게 팔고 있어 자기 집 단골손님이 줄어들고 있다고 호소했다. 탈무드에는 부당한 경쟁에 대한 언급이 상당히 많은 지면을 차지하고 있다. 그러나 나는 그때까지만 해도 탈무드에 그런 기록이 있는지를 모르고 있었다. 나는 일주일 동안의 말미를 얻어 탈무드를 공부한 다음에 이 일에 합당한 판단을 내려주기로 했다.

탈무드에서는 다음과 같이 훈계하고 있었다.

물건을 팔고 있는 상점의 옆에다 똑같은 물건을 파는

가게를 열어서는 안 된다. 그러나 가령 두 상점 가운데 한 상점에서 아이들에게 팝콘 같은 하찮은 경품을 붙여 팔았다고 하자. 그래서 아이들이 어머니를 끌고 와 그 물건을 사가게 된다면, 그럴 경우에는 어떻게 되는가? 의견은 엇갈렸다.

값을 내려가며 서로 경쟁하는 것은, 물건을 사 가는 손님 쪽에는 이익이 되므로 좋은 일이 아닌가 하는 랍비들도 있었다. 그러나 다른 랍비는 손님을 끌기 위하여 제값을 받지 않고 경품을 붙여 파는 것은 부당한 경쟁이라고 주장했다. 하지만 대다수의 랍비들은 경품을 붙여 파는 것은 불공정한 것이 아니라고 결정을 내렸다. 물건을 사는 손님 쪽에 이익이 있으면, 그것으로 만족스럽지 않은가 하는 생각들이었다.

일주일 뒤 또다시 찾아온 상인에게 나는 이렇게 말했다.

"남의 것을 훔치는 행위는 분명히 금해져 있으나, 물건값을 경우에 따라 다소간 내려 파는 것은 정당한 행위입니다."

지금과 같이 자유 경쟁의 원리에 따라 소비자가 이익

을 보는 경우에는 그것은 바람직한 것이라고 생각한다. 내 아내도 언제나 물건 값이 비싸다고 불평하고 있다.

편역자 주 유대인 랍비들은 영적인 하나님의 말씀만 연구하고 가르치는 것이 아니라 장사의 윤리도 연구하고 가르친다.

위기를 면한 부부

결혼 10년을 맞이한 부부가 있었다. 이들 부부는 사이가 매우 좋아서 겉으로는 퍽 행복해 보였다. 그러던 어느 날 남편이 나를 찾아와 이혼을 허락하여 달라고 요구했다. 나도 그 부부를 이미 알고 있었던 터라, 설마 부부 사이가 불편하리라고는 생각지 못했다.

사정인즉, 부부 사이에 아이가 없어 그들은 친척들로부터 이혼할 것을 강요받아왔다는 것이다. 유대의 전통에 의하면, 결혼한 지 10년이 되어서도 아이를 얻지 못하면 이혼 조건이 성립된다. 그러나 이들 부부는 헤어지는 것을 바라지 않았다. 하지만 가족들과 친척들이 강력하게 요구하고 있어, 남편은 어쩔 수 없이 랍비인 나를 찾아와 의논하게 되었다.

부부가 함께 나를 찾아왔을 때도 나는 두 사람의 진정한 사랑을 확인할 수 있었다. 일반적으로 대부분의 랍비들은 이혼을 반대한다. 왜냐하면 한 번 결혼에 실패한 사람은 다시 재혼해도 똑같은 실패를 되풀이할 수 있기 때문이다.

남편은 사랑하는 아내와 이혼을 하더라도 아내에게만은 굴욕감을 주지 않고 평온한 가운데 헤어지기를 바랐다. 그래서 나는 탈무드적 지혜를 쓰기로 했다.

먼저 아내를 위한 성대한 잔치를 베풀게 한 다음, 거기 모인 사람들 앞에서 지금까지 수십 년 동안 함께 살아오면서 보여준 아내의 훌륭했던 점을 자랑하게 했다. 그리고 아내로 하여금 많은 사람들 앞에서 직접 인사말을 하도록 했다. 그는 이 충고를 매우 기쁘게 생각했다. 이들 부부는 서로 싫어서 헤어지는 것이 아니라는 사정을 명백하게 밝히고 싶어했기 때문이었다. 나는 그것을 덫으로 사용했다.

남편은 헤어지는 아내에게 무언가 선물을 하고 싶다고

했다. 무엇을 선물하겠느냐고 묻자 그녀가 진심으로 계속 소유할 수 있는 것을 주겠다고 대답했다. 그래서 나는 파티가 끝난 다음 그가 아내에게 "내가 갖고 있는 모든 것

중에 하나만 꼭 갖고 싶은 것을 말하면 무엇이든지 그것을 주겠소."라고 말하도록 했다.

그는 내가 시킨 대로 아내에게 "무엇인가 갖고 싶은 것 하나를 꼭 주겠소."라고 말했다. 나는 몰래 아내에게 내일 할 말을 귀띔해주었다.

다음 날 내가 입회한 자리에서 아내는 남편에게 원하는 것을 한 가지만 요구하게 되어 있었다. 아내는 곧 '남편'을 소중하게 간직하고 싶다고 말했다. 그래서 이들 부부는 헤어지지 않았고, 그 후 아이까지도 낳게 되었다.

남아 있는 양심

어느 날 두 남자가 나를 찾아왔다. 사정을 들어보니, 친구가 돈이 필요하다고 해서 한 남자가 친구에게 돈을 빌려 주었다고 했다. 그런데 갚을 기일이 돌아오자 빌려 준 사람은 500만 원이라 하는데 빌린 사람은 200만 원밖에 빌리지 않았다고 한다는 것이다.

그래서 나는 어느 사람이 거짓말을 하고 있는지를 판단하지 않으면 안 되었다. 먼저 나는 두 사람을 각각 만나 이야기를 들은 뒤, 이번에는 두 사람을 함께 불러 셋이서 이야기를 나누었다. 나는 다음 날 다시 만날 때까지는 결정을 내려주겠다고 약속했다.

두 사람을 돌려보낸 뒤 나는 서재에서 이에 관한 책들

을 찾아보았다. 틀림없이 500만 원을 차용해 주었다고 주장하는 사람과 200만 원밖에는 빌려 가지 않았다고 주장하는 사람의 심리적 상태는 어떠한가를 연구해본 것이다.

물론 돈을 주고받을 때 증서가 만들어지면 간단하지만, 유대인 사회에서는 친구 사이의 돈거래에는 증서 같은 것들을 만들지 않는 것이 관례다. 가령 200만 원밖에 빌려 가지 않았다는 사람은, 단 한 푼도 빌린 일이 없다고 시치미를 떼도 결과는 지금과 같지 않겠는가? 그리고 500만 원을 빌려 주지 않았는데도 빌려 주었다고 주장한다는 것도 쉽게 이해되지 않았다. 탈무드에서는 이와 같은 내용에 대하여 다음과 같은 교훈을 주고 있다.

위선자가 거짓말을 할 때는 철저하게 한다. 자신에게 유리한 것만 말한다. 하지만 어떤 사람이 거짓말일망정 자신에게 불리한 것을 조금이라도 말할 때는, 그의 말은 믿기가 쉽다. 왜냐하면 그에게는 아직 양심이란 게 조금은 있으니까. 당사자 두 사람이 함께 만나면 거짓말의 정도가 가벼울 수밖에 없다.

나는 가령 어떤 사람이 500만 원을 약속한 날에 꼭 갚겠다고 생각했다가 날짜가 되었을 때, 수중에 200만 원밖에 없을 경우 200만 원밖에 빌리지 않았다고 말할 수 있겠다고 생각했다. 500만 원을 빌려 준 사람도 기억을 잘 못한 탓으로 그렇게 주장할 수도 있을 것이라고 생각했다.

그래서 돈을 빌린 사람에게 이렇게 말했다.

"500만 원씩이나 남에게 돈을 빌려 준 사람은 큰 부자이므로 평소에 돈이 별로 부족한 사람은 아닐 것입니다. 그러나 만약 그가 당신에게 빌려 준 돈을 한 푼도 받지 못하고 떼였다면, 또 다른 사람이 이스라엘에 갑자기 돌아가기 위하여 돈이 필요해서 그에게 돈을 빌리러 갔을 때 돈을 다시 빌려 주겠습니까? 결코 또 돈을 빌려주지는 않을 것입니다."

유대인 사회에서는 돈이란 항상 회전하고 있어야만 한다. 나는 돈을 빌린 사람에게 물었다.

"그래도 당신은 200만 원밖에 빌리지 않았다고 말하겠습니까?"

그는 "그렇다."고 대답했다.

그래서 나는 그에게 회당에서 구약성경에 손을 얹게 하고 틀림없는 사실임을 서약할 수 있겠는가를 다짐했다. 그때서야 그는 죄송하다고 말하며 잘못을 뉘우쳤다. 그는 틀림없이 500만 원을 차용했다고 말했다.

이런 이야기는 다른 사람들은 상상하기가 어렵겠지만, 유대인들에게 있어 회당에서 구약성경에 손을 얹고 맹세하는 일은 대단히 엄숙한 행위다. 구약성경에 손을 얹고도 거짓말을 하는 자는 범죄를 직업으로 갖고 있는 자가 아니고는 있을 수 없는 일인 것이다.

따라서 성서는 가장 소중한 것이므로 그다지 대수롭지 않은 일에는 이런 절차가 없다. 성서에 손을 얹으면 99.8%의 사람은 절대로 허위로 말을 하지 않는다. 그만큼 서약은 중대한 일이며, 모두들 이에 대해서는 두려움을 가지고 있다. 미국이나 유럽의 기독교 예식에서 성경에 손을 얹고 맹세하는 것도 이런 풍습에서 비롯된 것이다. **편역자 주** 유대인은 하나님과 맺은 언약(신적 계약)에 따라 행동한다. 따라서 유대인의 사상은 언약 사상이다.*

---

* 자세한 것은 편역자의 저서 《잃어버린 지상명령 쉐마》 제1권 제3부 제1장 III. '시내산 언약과 쉐마의 관계' 이하 참조.

자유

한 유대인 남자가 어떤 회사에 근무하고 있었다. 그는 항상 자신은 회사로부터 부당한 대우를 받고 있다고 생각했다. 그래서 그는 경영자인 사장에게 말했다.

"나는 지금까지 회사를 위해 있는 힘을 다하여 일해왔는데, 회사는 그만한 대우를 해주지 않았습니다. 더 이상 일할 생각이 없으니 퇴직금이나 계산해 주십시오."

이 말에 회사의 사장은 기다렸다는 듯이 대답했다.

"자네, 말 잘했네. 그렇지 않아도 자네의 근무 자세가 좋지 않아 파면시킬 생각을 하고 있었네. 퇴직금은 줄 수 없네."

이렇게 서로가 맞서 결론이 나지 않자, 사원은 어느 날 회사의 공금과 중요 서류를 훔쳐 가지고 외국으로 달아나 버렸다. 그 후로는 그를 찾을 수가 없었다. 그런지 한 달이 지난 뒤 외국의 어느 거리에서 우연히 그를 만난 사람이 사장에게 알려줘 사장은 나를 찾아와 그를 만나봐달라고 부탁했다. 매우 먼 곳이기는 했으나 나는 그를 만나보기로 했다.

내가 그곳에 도착한 지 이틀 뒤에야 겨우 그 사원을 만날 수 있었다. 그는 예상한 대로 나를 보고 무척 놀라는 눈치였다. 회사의 공금과 함께 회사의 중요 서류까지 가지고 도망했으니 자신도 양심에 가책을 받고 있었던 것이다.

나는 그와 3일 동안이나 그 문제에 대한 해결책을 의논했다. 비교적 사소한 문제들은 관심을 갖지 않았다. 그것들은 모두 법률로도 처리할 수 있었기 때문이었다. 오직 내가 관심을 둔 것은 유대인과 유대인 간에 생긴 일을 어떻게 해결할 것인가 하는 문제였다. 유대인끼리 서로 다투는 것은 용납되지 않는다.

나는 탈무드의 이야기를 인용했다.

"유대인들은 모두가 가족이며 가까운 형제다. 우리는 유대인이 아닌 다른 민족들과 상대하고 있다. 유대인끼리는 절대적으로 일을 평화롭게 처리해야 한다."

이런 내 설명에 그는 그래도 자신의 행동이 옳다고 주장했다.

"내 행동은 모두 내 자유입니다."

"당신 말이 옳을 수도 있소. 나도 잘은 모르지만, 그러나 자기 생각대로만 하는 것은 용납되지 않는 일이오."

나는 이어서 탈무드에 나오는 이야기를 예로 들려주었다.

많은 무리의 사람들이 함께 배를 타고 있었다. 그때 한 사람이 자신이 앉아 있는 배 밑바닥을 끌로 파는 것이었다. 놀란 사람들이 그를 나무라자, 그는 "여기는 내가 앉아 있는 자리니 내 마음대로 해도 상관없지 않소."라고 대답했다. 많은 사람이 타고 있던 배는 곧 가라앉았다.

어떤 유대인이 자기 회사의 공금을 가지고 달아났을

때, 과연 주위 사람들은 무엇이라고 말하겠는가? 유대인은 정말 도덕심이 있는 민족이라고 할 것인가? 이것이야말로 유대인의 큰 오점이 아닐 수 없는 것이다.

이런 내 충고에 그는 마침내 자기 잘못을 깨닫고 내 결정에 따르겠다고 말했다. 그리고 가지고 있던 회사 공금과 서류를 내놓았다.

나는 귀국해서 사장을 만나 원만한 해결을 보았다. 그가 원한 만큼의 성과는 아니었지만 적당한 금액의 퇴직금도 받아 주었다.

갈대와 개

JCC(유대인 공동체 센터)는 유대인 사회에서는 보기 드문 단체 가운데 하나다. 이 단체는 순수한 유대인들만으로 만들어진 단체가 아니기 때문이다.

이곳에는 러시아, 영국, 프랑스, 이스라엘, 미국계 등 여러 계통의 유대인들이 작은 단위로 소그룹을 이루고 있다. 그렇기 때문에 유대 계율을 지키는 사람이 있는가 하면 지키지 않는 사람, 또 자선에 힘쓰는 사람, 그렇지 않은 사람 등등 여러 부류의 사람들이 제각각 개성을 보이고 있는 관계로 아주 통일성이 없는 단체다.

이렇게 다양한 사람들로 이루어진 사회에서는 긴장감 같은 상태가 항상 존재한다. 그러던 중 어느 작은 단체가 서로 반목하는 두 그룹으로 분열되는 위기를 맞게 되었다. 나는 위기의 단체에게 탈무드의 이야기를 예로 들어주었다.

"갈대가 하나로서 있을 때는 쉽게 부러지지만, 100개의 한 묶음으로 있을 때는 몹시 단단합니다. 개들만 떼로 한데 모아 놓으면 서로 싸우지만, 늑대가 나타나면 싸움을 그치고 힘을 합칩니다."

그리고 이렇게 역설했다.

"유대민족의 오늘은 아직도 안전을 보장받지 못한 상태입니다. 게다가 아랍, 러시아 그리고 반유대주의자들에 의해 둘러싸여 있기 때문에 유대인끼리의 싸움은 무조건 피해야 합니다."

이러한 기본적인 인식 아래에서 지금은 별다른 충돌 없이 서로 도우며 살아가고 있다.

부부 싸움

미군 주둔지에는 보통 종군 랍비들이 있다. 이들은 대부분 학교를 갓 졸업한 젊은 사람들이다. 이들에게 무슨 문젯거리가 생기면 나에게 자문을 청하는 경우가 많다.

어느 날 젊은 랍비 한 사람이 찾아와 함께 얘기를 하고 있었다. 그때 마침 젊은 부부가 불화 문제로 나를 찾아왔다. 그래서 부부에게 나를 찾아온 젊은 랍비가 있음을 말하고 함께 사정 얘기를 들어도 괜찮겠는가를 물어 양해를 구했다.

흔히 부부간의 불화문제를 상담할 때는 함께 있으면 서로 의견 충돌이 심하기 때문에 따로따로 자리를 마련하여 상담하는 게 보통이다. 따로 만나 사정을 듣다보면 뜻밖에도 서로 상대방을 아끼고 있다는 것을 느낄 때가 많다. 끝까지 인내심을 가지고 의견을 나누고, 동정의 마음을 베풀면 대개의 부부들은 서로 이해하고 문제를 잘 해결하게 된다.

이번 경우에도 나는 우선 남자 쪽의 사정을 들었고, 그의 생각에 동조하면서 수긍해주었다. 그 다음 부인 쪽의 생각을 들으며 역시 남자 쪽과 같이 수긍하고 동조해주었다.

부부가 방을 나간 뒤 나는 젊은 랍비에게 어떻게 판단을 내리겠는가, 하고 물었다. 그러자 그 젊은 랍비는 이해할 수 없다는 표정을 지으며 물었다.

"남자 쪽의 이야기에 모두 수긍하고 찬성하면서 또 부인 쪽에도 옳다고 하지 않았습니까? 부부의 이야기는 서로 딴판인데 어째서 두 사람이 모두 옳다고 인정해주었습니까?"

그래서 나는 그 젊은 랍비의 생각이 가장 현명하다고 대답해주었다. 독자 여러분은 내 이야기를 어떻게 생각하는가? 나를 분별없는 팔방미인이라 생각하는가?

가령 어떤 사람이 각기 다른 의견을 가지고 상담해왔을 때, 내가 어느 한쪽 의견에 동조하면서 이쪽은 옳고 저쪽은 틀리다고 단정하는 것은 옳지 않다고 생각한다. 그것은 쓸데없이 두 사람의 관계를 악화시킬 뿐이다.

이때 무엇보다도 중요한 것은 두 사람 사이의 과열된 감정을 냉각시켜주는 것이다. 그러기 위해서는 두 사람의 주장에 모두 동조해주어 서로가 시간을 가지고 냉정을 되찾음으로써 화해의 길을 모색하도록 하자는 것이다.

진실과 거짓

많은 사람들이 갖가지 문제들을 안고 와 내게 판단해달라고 부탁한다. 이런 문제들을 다 합치면 100만 건쯤 되는데도, 그 가운데 단 한 가지도 같은 것이 없다.

같은 점이 있다면 어느 사람이 허위로 말하고 있는지, 아니면 자신조차도 거짓이라는 것을 모르고 말하고 있는지를 어떻게 분별해야 좋은가, 하는 문제다.

무엇이 진실한 것이고 무엇이 허위인지를 분별하는 것은 극히 어려운 일이다. 탈무드에는 이 2가지를 분별하는 방법을 다음과 같이 가르치고 있다.

솔로몬은 매우 현명한 왕으로 정평이 나 있었다. 어느 날 두 부인이 아이 하나를 데리고 와서 자신의 아이임을 주장하며, 솔로몬에게 판단해줄 것을 요청했다. **편역자 주** 유대 나라의 왕은 무사나 정치가는 아니었고 역시 랍비였다.

솔로몬 왕은 여러 가지 방법을 동원하여 진실을 조사해보았으나, 왕 자신도 누가 진짜 아이의 엄마인지를 알 수가 없었다. 유대인 사회에서는 그 소유가 분명하지 않을 때는 공평하게 양분하여 나누는 것이 관례였다.

솔로몬 왕은 관례대로 그 아이를 두 토막으로 잘라 나누라고 명령했다. 그러자 한 부인이 갑자기 울부짖으며 만약 그렇게 판단한다면 차라리 상대편 여자에게 아이를 넘겨주겠다고 했다. 그 모습을 바라보고 있던 왕이 "당신이야말로 아이의 진짜 어머니요!" 하고 판단하고 아이를 넘겨주었다.

두 아이를 가지고 있는 부부가 있었다. 두 아이 모두 남자였다. 그중 한 사내아이는 부인이 다른 남자와 불의의 관계를 맺어 낳은 아이였다. 남편은 어느 날 부인이 다른

사람에게 한 아이에 대한 비밀을 얘기하고 있는 것을 우연히 엿듣게 되었다. 하지만 남편은 누가 자신의 진짜 아들인지를 가려낼 수가 없었다.

그렇게 세월이 지나 남편이 중병에 걸렸다. 남편은 죽기 전에 유언장을 써서 자기 피를 물려받은 아들한테 재산을 물려주겠다고 말했다. 남편이 죽자 그 유언장이 랍비한테 넘겨져, 랍비는 두 아이 중 죽은 남자의 진짜 아들을 가려내야만 했다.

랍비는 두 아들을 죽은 아버지 무덤 앞에 불러 놓고는 큰 막대로 무덤을 파헤치라고 명했다. 그러자 한 아들이 "나는 아버지의 무덤을 헤쳐 돌아가신 분을 모독할 수 없다."고 말하며 울음을 터트렸다. 그래서 랍비는 아버지의 무덤을 파헤치지 못한 아이가 진짜 아들이라고 판단했다.

신약

내 친구 가운데 한 사람이 심한 병에 걸려 어떤 새로운 약을 구해 먹지 않으면 치료할 수 없는 지경에 이르렀다. 그런데 그 약은 좀처럼 구하기가 어려운 약이었다. 너무 수요가 늘어 미처 생산해내지 못하기 때문이었다.

그렇게 사정이 다급해지자 환자의 가족이 나를 찾아와 내가 알고 있는 이름 있는 의사를 통하여 그 약을 구해달라고 간청하는 것이었다. 나는 곧 몇몇 의사에게 내 친구를 살려줄 수 없느냐고 진심으로 부탁을 했다. 내 부탁을 받은 의사 친구는 이런 말을 내게 했다.

"만약 자네 부탁대로 그 약을 구해 준다면 또 누군가는 그 약을 구하지 못하는 사람이 생길 것인데, 그러면 그 사람도 죽어갈지 모르지 않겠나. 그렇게 해서라도 자네는 꼭 약을 구하여 자네 친구에게 주겠는가?"

나는 이 말에 잠깐 생각을 정리할 필요가 있어 대답을 미루고 탈무드를 찾아보았다.

"만약 어떤 사람을 죽여야만 자기 생명을 구할 수 있는 경우가 있다면 어떻게 하겠는가? 자신의 생명을 구하기 위하여 남을 죽여서는 안 된다. 어떻게 자신의 피가 상대편의 피보다 더 붉다고 할 수 있겠는가? 어느 누구의 피도 다른 사람의 피보다 더 붉을 수는 없는 것이다."

이 말을 음미해보면, 내 친구의 피가 누군가 그 약을 구하지 못하여 죽어갈지도 모를 사람의 피보다 더 붉다고는 말할 수 없을 것이다. 나는 친구의 식구들에게 이런 사정을 어떻게 설명해야 할지 난감해졌다.

내가 맡고 있는 구역 교우의 목숨이 위태로운 지경인데도 탈무드의 가르침에 따르면, 나는 그 친구의 죽음을 바라보고만 있어야 한다. 나는 끝내 약을 구하지 않기로 결심했기 때문에 그 친구는 죽고 말았다.

3명의 경영자

두 사람의 동업자가 있었다. 이들은 무에서 시작하여 작은 임대 빌딩을 지었고, 지금은 많은 사람들이 인정하고 있는 사업가로 성공했다. 두 사람 다 별다른 경험은 없었지만 매우 부지런한 성격 때문에 사업은 날로 발전하여 크게 성공을 거둔 경우였다.

그러던 어느 날 갑자기 두 사람은 자신들이 너무도 크게 성공하고 있다는 사실에 놀랐다. 하지만 두 동업자 사이에는 아무런 계약도 맺은 것이 없었다. 이들이 모두 건강하게 사업에 열중할 때는 별문제가 없겠으나, 앞으로 자식들을 낳아 대를 잇게 되면 자연 충돌이 생길 것 같아 이를 방지하기 위하여 계약을 맺기로 했다.

그런데 정식으로 계약이 끝나자, 두 사람 사이에는 사소한 일에도 충돌이 일어났다. 이를테면 너는 현장의 책임을 맡고, 나는 본사의 책임을 맡아야 한다는 등 사소한 사항까지 정하려고 했기 때문이다. 즉 서로 상대방보다 유리한 입장을 차지하려는 욕심이 생겼다.

처음 함께 사업을 시작할 때는 아무런 충돌도 시비도 없었던 이들이 이와 같은 문제가 생기자 나에게 풀어달라고 요청해왔다. 이들의 문제는 누가 옳고 그르고를 판단하는 것이 아니라서 나로서도 결론짓기가 쉽지가 않았다.

한 사람은 주로 영업을 맡고 있고 또 한 사람은 생산 쪽을 맡고 있었다. 한 사람은 "내가 만약 생산하지 않는다면 회사는 존재할 수 없다."고 얘기하고, 다른 사람은 "내가 만약 물건을 팔지 않는다면 회사는 존재할 수 없다."고 얘기하는 식으로 다투고 있었다.

나는 별로 확신은 없었지만 다음과 같은 말로 대답을 대신했다.

"계약을 맺기 전의 두 사람의 사업은 아주 순조롭게 잘 되어갔소. 그런데 이제 성공한 터에 서로 반목하는 탓으로 회사를 쓰러뜨리는 것은 참으로 우매한 짓이오!"

지금 이대로는 더 이상 사업을 계속할 수 없겠다는 말도 하면서, 이를 타개하기 위하여 탈무드에서 간단한 이야기를 찾아내었다.

한 아이가 이 세상에 태어날 때는 그의 아버지와 어머니 그리고 하나님에 의해서 생명이 주어진다. 그리고 점차 성장해가면서 그 아이에게는 생명을 주는 또 다른 사람이 있는데, 그는 바로 교사다.

내가 두 사람에게 "당신들 회사의 경영자는 누구요?" 라고 물으니 그들은 두 사람 모두라고 대답했다. 그래서 나는 그들에게 이렇게 권했다.

"그렇다면 하나님도 당신들 회사의 경영자로 참여시키면 어떻겠소? 하나님은 이 세상 어디의 무슨 일에든지 모두 참여하고 계시오. 자신만의 주장이 옳다고 주장할 것이 아니라, 이 세상 모든 행위는 하나님이 주관하시는 일이므로 하나님을 경영자로 넣어도 괜찮을 것 같소."

지금까지 이들의 회사는 두 사람이 다 대표자여서, 사

실상 회사의 사장은 없었다. 그래서 이들은 서로 사장이 되고 싶어했다. 나는 다시 강조하여 말했다.

“두 사람의 회사인 것은 사실이지만, 동시에 하나님의 회사라고도 할 수 있소. 두 사람은 유대인 사회를 위해서, 더 나아가 유대인 나라를 위하여 일하고 있소. 그러므로 너무 내 것이라는 생각만 하지 말고, 우리가 책임진 의무를 다하고 있을 뿐이라고 생각하게 되면 누가 사장이 되건 크게 마음 쓸 일이 아니라는 것을 깨달을 것이오. 그러므로 생산을 맡은 사람은 공장 책임자로, 영업을 맡은 사람은 회사의 업무 책임자로 노력하면 좋을 것이오.”

나는 이렇게 충고해주었다. 이 후부터 두 사람의 회사는 별 잡음 없이 발전했고, 자선 사업에도 수익금의 일부를 내놓았으며, 누가 사장을 하느냐는 사소한 문젯거리도 풀려서 크게 번창했다.

기회

어느 직장에서도 고용하고 있는 종업원을 해고시키는 일은 자주 있다. 그러나 이런 일은 참으로 마음 아픈 일이며, 때로는 사회 문제로도 크게 비화된다.

어느 회사에서 유대인을 많이 고용하고 있었다. 이런 경우 유대인 종업원을 해고시키는 일은 아주 난감한 일 가운데 하나다. 왜냐하면 이들에게는 부인과 아이들이 달려 있음은 물론 유대인이라는 이름 때문에 다른 직장을 구하기가 어렵기 때문이다.

자기 조국이 아닌 외국에서 살아가는 것은 특히 힘들다. 외국 사람을 채용하는 데는 적고, 그렇다고 다른 나라나 조국으로 돌아가는 문제도 돈과 관계된 일이라 어렵

다. 그러므로 이유가 어떠하든 유대인 종업원을 해고시킨다는 것은 아주 힘들고 드문 일이다.

그런데 그 어려운 일이 어느 날 일어났다. 어떤 회사의 사장이 나를 찾아왔다.

"종업원 중 한 사람을 감원해야 하는데, 그 상대는 내가 해고시키지 않아도 누군가가 그를 쫓아내야 할 만큼 바보입니다. 아무것도 할 수 없는 바보이니 다른 직장에 가서도 마찬가지일 겁니다. 그러나 내 속마음은 그를 해고하지 않고도 내가 손해 보지 않는 방법이 없을까 궁리하는 중입니다. 랍비님께서 그 방법을 찾아주셨으면 합니다."

그래서 나는 탈무드에 있는 얘기를 들려주었다.

어떤 사람이 작은 보트 한 척을 가지고 있었다. 그는 여름이면 가족과 함께 보트 놀이를 하거나 낚시로 소일했다. 여름이 지나 그가 보트를 땅으로 끌어올려 보관해 두려고 보니까 배 밑바닥에 작은 구멍이 하나 있었다.

그래도 그는 겨울을 지나고 다시 쓰게 될 여름에 고칠

생각으로 그대로 두었다. 겨울 동안에는 보트에 페인트 칠만 해두었다. 다음 해 봄이 되자, 아이들은 보트를 호수에 띄웠다. 그 사람은 보트에 난 구멍을 까맣게 잊고 있었기 때문에 아이들에게 보트 놀이를 허락해주었던 것이다.

그러고 나서 2시간 가량 지난 뒤 아버지는 보트에 구멍이 뚫려 있다는 생각이 떠올랐다. 아이들은 헤엄도 잘 칠 줄 몰랐다. 그는 당황하여 호숫가로 뛰어갔는데, 그때 아이들이 보트를 땅으로 끌어올리고 있는 것을 보았다.

무사한 아이들을 보고 안심한 그 사람은 배를 살펴보다 누군가가 보트에 난 구멍을 막아 놓았다는 것을 알았다. 그는 지난 겨울 보트에 페인트칠을 한 사람이라고 생각했다. 그는 곧 선물을 사가지고 페인트공을 방문했다.

페인트공은 "나는 보트를 칠한 대가는 받았습니다. 웬 선물을 주십니까?" 하면서 선물을 사양했다.

"당신이 보트에 뚫린 구멍을 막아주었기 때문에 아이들의 목숨을 구했습니다. 당신이 얼마 안 되는 시간을 내어 구멍을 막아준 것이 얼마나 큰 결과를 낳았습니까? 감

사할 뿐입니다."

이렇듯 아무리 하찮은 착한 일이라도 이것이 남에게 얼마나 큰 도움을 주는가를 생각하고 있는 것은 보통 사람은 좀처럼 하기 힘든 일이다. 나는 사장에게 이런 말을 하고는, 그에게 다시 한 번 기회를 주었으면 좋겠다고 부탁했다.

축복의 말

의사와 환자 그리고 나 이렇게 셋이서 병실에 같이 있게 된 기회가 있었다. 그 환자는 중상자였다. 매우 심한 내출혈로 큰 고통을 받았다. 병실은 악취로 가득했고, 환자는 의식불명인 채였다.

의사는 환자의 목숨을 살리기 위해 고심하면서 많은 양의 수혈을 했다. 만약 이 수혈이 중단되면 환자는 죽게 되므로 의사의 표정도 절망적이었다. 의사는 답답한 마음으로 랍비에게 물었다.

"지금 이 순간 랍비님이 생각하는 것은 무엇입니까?"

나는 이렇게 대답했다.

"지금 나는 죽고 사는 문제에 대해서는 생각하고 있지

않습니다. 다만 가느다란 혈관에서 붉은 액체가 흘러나와 인간의 생명이 위태로워진다는 것을 생각하고 있습니다."

수혈을 멈추자 그 환자는 죽고 말았다. 의사는 기운이 다 빠져서 내게 도움을 청했다. 나는 탈무드의 이야기를 그에게 해주었다.

"유대인은 왕을 만날 때나, 식사를 할 때나, 일출 광경을 볼 때나, 그 밖에 어느 경우에도 축복의 말을 한마디씩 합니다. 이를테면, 화장실에 갈 때 하는 축복의 말도 있습니다."

의사는 내 얘기를 듣고 있다가 물었다.

"랍비님은 화장실에 갈 때 뭐라고 말합니까?"

"우리 인체는 여러 부분으로 이루어져 있습니다. 하지만 그중에서 몸속에 갇혀 있어야 할 것은 갇혀 있고, 열려 있어야 할 것은 열려 있어야 합니다. 만약 이것이 반대로 되면 큰일이므로, 나는 언제나 '열릴 것은 순조롭게 열리고, 닫힐 것은 순조롭게 닫혀 있게 해주세요.' 라고 기원합니다."

이렇게 대답하자 의사는 감탄하듯 말하는 것이었다.

"랍비님의 기도는 의학에서 해부학에 정통한 사람의 말과 너무도 같습니다."

위생관념

탈무드에 의하면 유대인들은 특히 보건 위생에 대해서는 아주 엄격하다. 몇 가지 사례를 들어보자.

∾ 물을 마실 때는 사용 전에 컵을 헹구고, 사용한 뒤에도 또 헹구라.

∾ 자신이 먹은 컵을 닦지 않은 채 남에게 주어서는 안 된다.

∾ 안약을 눈에 넣기보다는 아침, 저녁에 물로 눈을 씻는 것이 더 낫다.

∾ 의사가 없는 곳에서는 살지 마라.

∾ 화장실에 가고 싶을 때는 잠시도 참지 마라.

우는 까닭

어느 외국 수도에 살고 있는 한 유대인이 있었다. 그는 남을 돕고 예의 바른 사람으로 매우 좋은 평을 얻고 있었다. 하지만 그는 유대인 사회에서는 아무 활동도 하지 않는 것이었다.

어느 날 나는 그 사람과 같이 식사를 하게 되었다. 유대인 사회에서는 사업하는 사람을 만날 때 "어떻습니까? 잘 되어갑니까?" 하고 인사하는 관례가 있고, 랍비에게는 "유익한 책을 많이 읽었습니까?"라든지, "뭐 재미있고 유익한 일을 생각해냈습니까?" 하고 인사하는 습관이 있다.

늘 공부해야 하는 랍비는 무엇이고 언제 어디에서나 이야기할 수 있게, 주머니 속에 이야깃거리를 넣고 다녀

야 한다. 그날 내가 만난 그 사람 역시 "재미있는 책을 많이 읽었느냐?"고 물었다. 그래서 나는 이렇게 말했다.

"요즘 아주 재미있는 이야기를 탈무드에서 발견했소. 당신도 탈무드를 공부할 때는 바로 그 부분을 읽어보십시오."

그러고는 그 내용을 이야기해주었다.

널리 이름이 난 랍비 한 사람이 있었다. 그는 말할 것도 없이 많은 사람들로부터 존경받는 고결하고 친절한 사람이었다. 마음이 원래 자애롭고 또한 하나님에 대한 공경

도 아주 지극했다.

그는 길가의 벌레 한 마리라도 밟지 않으려고 애썼고, 하나님이 내려 주신 물건들도 훼손되지 않도록 조심하며 생활했다. 그는 많은 제자들로부터도 존경받는 사람이었다.

어느덧 80세가 된 그는 갑자기 자신의 몸이 쇠약해져 있음을 깨닫고 머지않아 죽음이 닥쳐오리라는 것을 짐작했다. 많은 제자들이 모여들자, 그는 갑자기 울기 시작했다.

"선생님, 어찌해서 눈물을 보이십니까?"

제자들은 안타까운 마음에서 물었다. 그리고 제자들은 그간 선생이 베푼 일들을 회상했다.

"선생님은 잠시도 공부를 게을리 하지 않았습니다. 또, 저희들을 생각 없이 아무렇게나 가르친 일도 없습니다. 남을 돕는 일에도 누구보다도 앞장섰습니다. 선생님이야말로 이 나라에서 가장 추앙받는 훌륭하신 분입니다. 하나님에 대한 공경심도 누구보다도 간절하십니다. 선생님은 어느 한때도 정치 같은 때 묻은 세상에는 발을 들여놓지 않았습니다. 선생님이 우셔야 할 일은 없지 않습니까?"

제자들이 이렇게 묻자 그 랍비는 다음과 같이 말했다.

"그래, 그래서 울고 있단다. 나는 죽음을 앞에 놓은 이 순간에 내 자신에게 '늘 공부했느냐, 자선에 힘썼느냐, 하나님께 기도했느냐, 옳게 살아왔느냐' 고 물으면 전부 '네' 라고 말할 수 있다. 그러나 '너는 우리 이웃들과 함께 어울려 살아본 일이 있느냐' 고 물으면 '아니오' 라고밖에는 대답할 수가 없단다. 그래서 눈물을 흘리고 있지."

나는 자기 혼자만의 사업에 성공한 그 사람에게 유대인 사회에도 되도록 참여하여 보람 있는 일을 하도록 탈무드의 이야기를 해준 것이다.

자선

남을 돕기 위하여 돈을 쓰면 흔히 사람들은 자신의 돈을 잃어버린 것으로 생각하지만, 사실은 그렇다고만 할 수 없다. 실제로는 돈을 쓰면 쓴 만큼 다시 돌아오기 때문이다. 당신이 자선 사업에 돈을 쓰면 그 쓴 만큼 당신에게로 되돌아온다는 말을 하게 될 때는 나는 다음과 같은 탈무드의 가르침을 들려준다.

어느 지방에 아주 큰 규모의 농장이 있었다. 그 주인은 예루살렘 근방에서는 가장 자선에 힘쓰는 농군으로 존경받고 있었다. 매년 랍비들이 그 농장 주인을 찾아가면, 그는 랍비들에게 아끼지 않고 후하게 대접했다. 그러던 어느

해 몹시 심한 폭풍우를 만나 과수원이 모두 망가졌다. 게다가 전염병까지 퍼져 키우던 양과 소 등 가축들도 모두 죽고 말았다. 하루아침에 이렇게 망하자 그에게 자본금을 융통해 준 채권자들이 몰려들어 나머지 재산에 차압까지 붙임으로써 그에게는 자투리땅밖에 남은 것이 없었다.

하지만 농장 주인은 "하나님이 주신 것을 하나님이 찾아가신 것인데 할 수 없지." 하고는 태연스럽기까지 했다. 농장 주인이 망해버린 그해에도 랍비들이 찾아왔다. 랍비들은 그 많던 재산을 모두 잃어버린 농장 주인을 위로했다. 이때 주인의 아내는 남편에게 이렇게 의논했다.

"여보, 우리 부부는 해마다 랍비님들을 통해서 학교를 세우거나 회당의 유지 비용을 내놓지 않았어요. 그리고 가난한 사람에게도 노인들에게도 많은 돈을 헌금했는데, 올해는 아무것도 내놓을 게 없으니 정말 부끄럽습니다. 그렇다고 저분들을 그냥 가게 할 수도 없고, 어떻게 하면 좋겠어요?"

그래서 남편과 아내는 남은 자투리땅의 절반을 팔아서 헌금하고 나머지 땅을 일구어 농사를 짓기로 결심했다.

랍비들은 이 같은 뜻밖의 헌금을 받고는 무척 놀랐다.

어느 날 농부는 소를 이용하여 절반만 남은 자투리땅을 갈고 있었다. 그때 갑자기 밭을 갈던 소가 쓰러졌다. 그래서 흙탕에 쓰러진 소를 끌어냈더니 소의 발밑에서 보물이 쏟아져 나왔다. 그 보물을 팔아 농장 부부는 다시 옛날처럼 큰 농장을 경영하게 되었다.

그런 다음 해 또 랍비들이 찾아왔다. 랍비들은 아직도 그 농부가 가난하고 어렵게 살고 있을 것이라 믿고 지난해 살던 곳으로 찾아갔다. 그랬더니 이웃 사람들이 "저쪽 큰 집에 살고 있다."고 알려주었다.

랍비들이 새 농장을 찾아갔을 때 주인은 1년 동안 겪은 일들을 들려주었다. 남을 위하여 자선을 했더니 하나님은 그 대가를 이렇게 되돌려 주셨다고 말했다. 나는 헌금을 모금하기 위해서 이런 종류의 이야기를 상세하게 몇 번씩 들려준다. 그때마다 하나같이 성공한다.

살아 숨 쉬는 바다

유대인은 이 세상 어느 민족보다도 불우 이웃을 위한 자선을 가장 중요시하는 민족이다. 그렇다고 해도 오늘날의 유대인 중 일부는 자선 사업에 힘쓰라고 권유를 받든가, 또는 다른 사람에게 강요받지 않으면 자선에 조금도 힘쓰지 않는 이들도 있다. 이런 경우를 만나면 나는 다음과 같은 말을 해준다.

이스라엘의 요단강 근처에는 두 곳에 큰 호수가 있다. 그 하나가 사해(死海, 죽은 바다)이고, 다른 하나는 히브리어로 '살아 숨 쉬는 바다' 라고 불리는 갈릴리 호수(바다)다.

사해는 다른 바다에서 물이 흘러들지만 아무 곳으로도 흘러 나가지 않는다. 그러나 '살아 숨 쉬는 바다' 는 물이

들어오면 대신에 그만큼 물이 나간다.

자선을 베풀지 않는 사람은 '사해' 와 같다. 돈이 들어오기만 하고 나가지 않는다. 자선을 하는 사람은 '살아 숨 쉬는 바다' 와 같다. 물이 들어와서 다시 나간다. 우리는 '살아 숨 쉬는 바다' 가 되지 않으면 안 된다.

사자 목에 걸린 뼈

나는 어느 날 중국을 거쳐 일본에 건너온 유대인과 대화를 나눌 기회가 있었다. 대부분 이런 부류의 유대인들은 중국에 산 경험에 비추어 중국을 비난

하거나, 그것도 아니면 일본과 중국을 다 싫어하든가, 다 좋아한다든가 하는 여러 유형이 있게 마련이다.

그런데 내가 만난 이 사람은 전쟁 중 일본이 상하이를 점령했을 때 유대인들을 학대한 일본을 좋게 생각하지 않고 있었다.

일본이 중국 상하이를 점령하고 있을 때, 일본군은 유대인을 지정된 지역에만 있도록 경비병을 두어 감시했다. 이때 유대인들은 억울하게 학대받았다. 전염병 때문에 무더기로 죽기도 했으며, 식량 사정까지 겹쳐 생각하기조차 싫은 추억들을 가지게 되었다. 나는 그의 말을 듣고 말했다.

"유럽 지역에서는 무려 100만 명이나 되는 엄청난 유대인들이 학살되었습니다. 전쟁 때 유럽에 살던 유대인들만큼 비참했던 사람들도 아마 없을 것입니다. 당신은 지금 이렇게 상하이 시절의 고통스러웠던 이야기를 하고 있는데, 이것만으로도 당신이 지금 살아 있다는 증거가 됩니다. 탈무드

에는 이런 이야기가 실려 있습니다."

그러고는 나는 목구멍에 뼈가 걸린 사자 이야기를 해 주었다.

사자 목구멍에 뼈가 걸렸다. 사자는 누구라도 자기 목구멍에서 뼈를 빼주는 자에게 상을 주겠노라고 외쳤다. 그때 한 마리의 학이 날아와 사자를 구해주겠다고 말하고는 사자에게 입을 크게 벌리라고 했다.

학은 사자 입 안에 긴 부리를 집어넣고는 사자 목에 걸린 뼈를 간단히 꺼냈다. 그러고는 "무슨 상을 주겠느냐?" 고 물었다. 그러자 사자는 학이 무엇을 주겠느냐고 묻는 말투에 그만 울화가 치밀어 퉁명스럽게 말했다.

"내 입 안에 머리를 넣고도 살아날 수 있었다는 게 바로 내가 주는 선물이다. 그렇게 몹시 위험한 상태에서도 살아 돌아갈 수 있다는 것이 평생 자랑거리가 될 것이다. 그 이상은 없다."

지난날 중국에서 가혹한 고통을 당했다고 해서 그것을 이유로 불평해서는 안 된다는 것이 내 말의 요지였다.

제6장

탈무드의 발

Talmud

발은 걸어왔던 시초와 가게 될 끝장의 역사를 그린다.
물론 현재를 단단히 밟고 있는 것도 발이다.
이 마지막 장에서는 탈무드의 수난의 역사를
소개함과 동시에, 외국인인 여러분에게 좀처럼
이해하기 힘든 '랍비'라는 직업에 대하여 설명해본다.
그리고 어떤 이들은 내게 동양에 대한
개인적 의견도 묻기 때문에, 동양을 보는 내 시각도
몇 가지 언급한다. 이것도 내 발로 본 그대로다.

수난의 책 탈무드

탈무드의 편찬은 바빌로니아에서 기원후 500년부터 시작되었다. 그 후 1334년에 손으로 직접 쓴 탈무드가 나왔다. 이것이 현존하고 있는 것 중에서는 가장 오래된 것이다. 그리고 처음 인쇄된 탈무드는 1520년 베네치아에서 나왔다.

1244년에는 파리에 있던 모든 탈무드가 가톨릭교회 기독교인들에 의하여 금서(禁書)가 되어 몰수되었다. 몰수된 탈무드 책들은 24대의 수레에 실린 채 불태워 없어졌다. 1263년에는 기독교와 유대인 대표들이 자리를 같이하고 탈무드가 과연 기독교의 교리에 상반되는 것인가에 대해 토론을 벌이기도 했다. 그 후 1415년에 이르러 유대인들이 탈무드를 읽는 것을 법령으로 금지했다. 그리고 1520년에는 로마에서 또 한 번 모든 탈무드가 압수되어 불태워 없어졌다.

이런 짓을 한 사람들은 탈무드를 읽어보지도 않았다. 탈무드를 모르면 모를수록 탈무드를 싫어했던 것이다. 이러한 연유에서 그 후에도 탈무드의 소각은 수없이 계속될 수밖에 없었다. 1562년에는 가톨릭교회 측이 탈무드를 검열하여 부분부분을 삭제해버렸기 때문에 오늘의 탈무드는 완전한 내용이 아니다.

탈무드를 마이크로필름에 보관해 두기 위하여 찍을 때 페이지와 페이지 사이에서 다른 페이지가 발견되기도 했다. 이러한 과정에서 수백 년 동안이나 묻혀 있던 새로운 탈무드가 발견되는 일도 있었다.

그러므로 탈무드를 읽다보면, 중간중간 이야기의 연결이 애매한 곳이 간혹 있다. 이것은 가톨릭교회 측이 검열 과정에서 전체 탈무드 중의 5분의 1 또는 6분의 1을 잘라내버렸기 때문이다. 기독교인들은 그리스도를 비난한 것으로 생각되는 부분과 비(非)유대인에 대해 쓰인 부분은 가차 없이 잘라버렸다. 하지만 현재 탈무드는 세계 각국의 말로 옮겨져 읽히고 있어 탈무드에 대한 관심이 점차 높아지고 있는 실정이다.

탈무드는 일종의 연구서다. 특히 유대인에게 공부는 인생 최대의 목표다. 그러므로 유대인을 이해하려면 유대인들이 탈무드를 얼마나 소중하게 다루는지를 알지 않으면 안 된다. 유대인들은 하나님의 뜻을 몸소 실천에 옮기는 것이 무엇보다도 중요한 일이었으므로 탈무드를 공부하지 않고는 살아갈 수가 없었다.

그러나 탈무드 공부는 지적인 공부라기보다 종교적인 공부이며 연구다. 유대인들에게 하나님을 찬양하는 최대의 행위는 공부하는 일이다. "공부는 올바른 행동을 만든다."는 말이 유대민족의 오랜 금언으로 간직되고 있는 것만 보아도 알 수 있다. 고대 유대의 도시나 고장은 그곳에 세워진 학교의 이름에 의하여 알려졌다. 예배를 보는 곳은 곧 공부하는 곳이기도 했다.

로마인들은 유대인들을 비유대화하기 위하여 유대인들의 탈무드 연구를 엄격하게 금했다. 그들에게서 배우는

위 정통파 유대인의 새벽 기도 광경. 모두 기도복을 두르고 이마와 팔뚝에 경문을 붙이고 기도한다.
아래 새벽 기도를 마친 뒤 그룹별로 앉아서 토라와 탈무드를 공부하는 정통파 유대인들.

일을 빼앗아버리면 유대인은 이미 진정한 유대인이라고 할 수가 없는 것이다. 그들은 하나님의 뜻이라고 믿는 '연구'를 지키기 위하여 수없이 죽어갔다. 그러나 지식은 끝내 모든 것을 물리치고 승리하게 마련이다.

나도 유대인으로서 아침 일찍 일터에 나가기 전 5시에 일어나 탈무드를 공부하는 유대인을 많이 알고 있다. 점심이나 저녁 식사 때, 또는 버스나 지하철 속에서도 유대인들은 쉬지 않고 공부한다. 그리고 안식일에는 어김없이 몇 시간이고 공부에 열중한다. 20권의 탈무드 중 한 권의 공부만 마쳐도 대단한 경사로 여겨 이웃과 친지들을 모아 놓고 성대한 축하연을 베풀기도 한다. **편역자 주** 유대인은 지금도 매일 새벽기도를 한다. 새벽기도가 끝나면 40~60분 정도 탈무드를 공부한다. 그리고 아침식사로 마련된 간단한 빵을 들고는 직장에 간다.

유대인들에게 기독교의 로마 교황과 같은 절대 권위자는 존재하지 않는다. 그들이 최고로 의지하는 것은 탈무드다. 그래서 탈무드를 얼마나 공부했느냐가 권위를 재는 척도가 된다. 탈무드에 대한 지식을 가장 많이 가지고 있는 사람이 바로 랍비다. 그래서 랍비가 유대인들의 존경을 받는 권위자가 된 것이다.

탈무드의 내용

탈무드는 모두 6개의 부분으로 구분되어 있다. 1. 농업 2. 제사 3. 여자 4. 민법과 형법 5. 성전 6. 순결과 부정(不淨) 등이다. 탈무드의 권위에는 규칙이 있다. 반드시 '미쉬나(mishna)'라 하는 부분에서부터 시작해야 한다는 규칙이 있다. 미쉬나는 유대민족의 오랜 교훈과 약속 등이 입에서 입으로 구전(口傳)된 부분이다. 이 부분은 기원후 200년경에 이르러서야 체계적으로 모아져 빛을 보게 되었다. 500그램에 불과한 아주 가벼운 책이다. 이 미쉬나에 대한 별다른 이견은 없다.

미쉬나를 둘러싼 방대한 의견이나 토론이 탈무드인 것이다. 이 토론은 반드시 둘로 나뉘어 있다. 하나는 '할라카' 라고 하는 토론이고, 또 하나는 '아가다' 라고 하는 토론이다.

유대인은 세계의 많은 민족 중에서 종교에 대한 계율(율법)을 가장 엄격하게 지키는 동시에 그만큼 종교에 심취해 있는 민족으로 알려져 있다. 하지만 그들의 언어에는 종교라는 단어가 존재하지 않는다. 왜냐하면 유대인들의 평소의 생활 그 자체가 종교이기 때문에, 종교라는 말을 특별하게 사용할 필요가 없기 때문이다.

'할라카' 라는 말은 유대인적인 생활 방법이라고나 번역할 수 있는 것으로, 유대인의 모든 행위를 더 거룩한 것으로 높이고자 하는 것이다. 그래서 제사, 건강, 예술, 식사, 언어, 대화, 대인관계 등 평소 생활을 다스리는 일체의 행위가 이 '할라카' 에 합당하지 않으면 안 된다.

편역자 주 유대인은 "하나님이 거룩한즉 너희도 거룩하라."(레 19:2)라는 말씀대로 거룩한 생활을 해야 한다. 그 거룩해지는 방법이 613개의 모세의 율법을 지켜 행하는 것이다. 그 율법을 설명한 책이 바로 '할라카' 다.*

---

* 더 자세한 내용은 편역자의 저서 《부모여 자녀를 제자 삼아라》(전 2권, 도서출판 쉐마, 2004) 제1권 제2장 2. '유대인은 율법을 행함으로 구원받았는가' 참조.

기독교의 교인은 그리스도를 믿음으로써 교인이 되지만, 유대인은 그렇지가 않다. 유대인에게 있어서는 오직 행위만이 유대인으로 인정받는 척도인 것이다. 편역자 주 이방인은 그리스도를 믿음으로써 교인, 즉 하나님의 백성이 되지만, 유대인은 이미 혈통을 따라 하나님의 백성이 되었기 때문에 선민이 된 이후 하나님의 형상을 닮아가는 율법을 지켜 거룩한 백성이 되는 과정을 강조한다. 그러나 기독교인의 교리에 의하면, 신약시대에는 유대인도 이방인처럼 그리스도를 믿어야 구원을 받는다고 되어 있다.*

또, '아가다' 는 탈무드의 3분의 1을 차지하고 있다. 이것에는 철학, 신학, 역사, 도덕, 시, 속담, 성서 해석, 과학, 의학, 수학, 천문학, 심리학, 형이상학 등 인간이 발휘할 수 있는 모든 지혜가 담겨져 있다.

* 더 자세한 내용은 편역자의 저서 《부모여 자녀를 제자 삼아라》(전 2권, 도서출판 쉐마, 2004) 제1권 제1장 Ⅳ. '질문 1: 유대교와 기독교의 구원과 성화는 어떻게 다른가' 참조.

랍비라는 직업

과거 로마인들이 유대민족을 억압하던 시절, 그들은 유대인을 말살하기 위한 갖가지 방법을 생각해냈다. 이를테면 유대인 학교를 폐쇄시키고, 예배를 금하고, 민족적인 축제일(절기)을 금하고, 유대인의 서적을 불태우고, 랍비를 양성하는 교육까지도 금한 적이 있었다.

랍비가 되기 위하여 정해진 교육을 마치면, 졸업식과 같은 랍비의 임명식이 있다. 로마는 만약 그 임명식장에 나오는 사람이 있으면 랍비를 임명한 사람이나 임명을 받는 사람이나 가리지 않고 모두 사형에 처하라는 포고령을 내렸다. 그리고 이런 일이 발생한 지역은 멸망시킨다는 포고령까지 내렸다. 이러한 탄압은 로마인들의 탄압 중 가장 현명했다고 할 만큼 효과적인 조치였다.

왜냐하면 도시나 마을이 멸망당할 경우 그 원인이 랍비가 될 만큼 랍비의 책임이 막중했기 때문이다. 뿐만 아니라 다른 나라는 랍비가 없어도 잘 돌아가지만, 유대 사회에서 랍비가 없어진다면 유대 사회의 기능이 완전히 마비되는 것이었기 때문이다.

랍비는 유대인 사회의 정신적 지도자임은 물론이요, 의사요, 변호사이며, 유대인들의 모든 권위를 대표하고 있다. 로마인들은 랍비가 갖는 바로 이러한 의미를 잘 알고 있었으므로, 앞에서와 같은 '현명한' 조치를 취했다.

이러한 때에 어떤 랍비가 로마인들의 숨은 계략을 눈치 채고, 아끼는 제자 5명을 데리고 빠져나가 두 산 사이의 무인 지대에 숨었다. 행여 거기에서 붙잡혀 죽는다 해도 아무 상관없는 도시가 불태워지는 멸망만은 막아보자는 생각에서였다.

랍비가 숨은 곳은 가장 가까운 마을에서도 2마일(약 3.2킬로미터)이나 떨어져 있는 외진 곳이었다. 그곳에서 랍비는 5명의 제자를 랍비로 임명했지만 결국 로마인들의 눈에 띄고야 말았다.

걱정이 된 제자들이 "랍비님, 어떻게 하면 좋겠습니까?" 하고 묻자, 랍비는 동요하지 않고 신념에 찬 얼굴로 대답했다.

"나는 이제 늙었으니 별 걱정 없지만, 너희는 앞으로 랍비로서의 할 일이 많으므로 서둘러 피하도록 하여라."

제자들은 명령대로 피했으나, 늙은 랍비는 붙잡혀 300번의 칼질을 당하는 무참한 죽음을 당했다.

내가 이러한 이야기를 들려주는 까닭은 유대인들의 사회에서 랍비라는 존재가 얼마나 중요한가를 알려주기 위함이다. 랍비는 일종의 유대의 상징이라고 할 수 있다.

이러한 랍비가 연구하는 탈무드가 그들 사이에서 얼마나 막중한 자리를 차지하고 있는가를 이해하지 않고서는 유대인들의 문화를 이해하기란 불가능한 일이다. 원칙적인 면에서 보면, 모든 유대인들은 탈무드의 모든 것을 통하여 그 속에 담겨져 있는 교훈과 탈무드의 이치(계율)를 맞추려는 조화(調和)를 통달하지 않으면 안 되게 되어 있다.

하루라도 일정한 시간을 할애하여 공부하는 것을 빠뜨리지 않아야 할 만큼 탈무드는 유대인들에게 중요하다. 이것은 단순한 학문 연구에만 그치는 것이 아니라 종교적 의무이기도 하다. 그 이유는 유대인들에게는 하나님을 경외하고 하나님을 예배하는 것 자체가 공부하는 것으로 생각되기 때문이다. 어느 누구이건 탈무드를 공부하는 유대인이라면 하나의 깨달음과 같은 경지에 이를 수 있게 마련이다.

랍비 가운데는 지위에 있어서 상·하가 정해진 서열은 없다. 또, 랍비들끼리 어떤 종류의 단체를 만들지도 않는다. 그러나 어떤 랍비가 다른 랍비에 비하여 더 지혜롭다고 인정되면 자연히 그 랍비가 많은 유대인들의 어려운 질문에 답하게 되고, 복잡한 예식의 주례를 맡는다.

오늘날의 이스라엘의 종교학교에서는 9세가 되면 탈무드에 대한 공부를 시작한다. 그 후 고등학교 과정까지 마치게 된다. 이 과정에서 탈무드에 대한 공부밖에는 하지 않기 때문에 보통 10년 내지 15년 동안 탈무드 공부만 하는 셈이 된다. **편역자 주** 미국의 정통파 유대인 종교학교에서는 오후에 세상학문도 가르친다.

랍비를 교육하는 미국의 학교에 들어가기 위해서는 먼저 일반 대학에서 학사과정을 거쳐야 하는데, 이것은 랍비를 교육하는 학교가 대학원에 해당하기 때문이다. 랍비가 되려면 매우 엄격한 시험을 거친 뒤, 4년에서 6년 동안 탈무드를 공부한다. 처음부터가 아니라 중간 정도에서부터 배우게 된다.

그것은 이미 입학하기 전에 탈무드에 대한 것을 많이 배웠다고 인정하기 때문이며, 그래서 입학시험은 그만큼 어렵고 까다롭다.

입시 과목을 보면 성서, 히브리어, 아랍어, 역사(4천여 년에 걸친 유대인 역사이기 때문에 역사가 짧은 나라의 역사에 비하면 대단한 분량이다.), 유대 문학, 법률, 탈무드의 심리학, 설교학, 교육학, 처세 철학, 철학 등이 있다. 이것 외에도 몇 편의 논문도 써야 한다. 이러한 과목들은 어느 것이든 매우 어려운 시험이다. 게다가 졸업할 때는 4년에서 6년에

걸쳐 배운 것에 대한 최종 시험을 또 치러야 한다.

이 모든 과목 중에서 가장 기본이 되고 동시에 핵심을 차지하고 있는 것은 물론 탈무드다. 탈무드 이외의 과목은 일반 교수들의 강의로 메워지지만, 강의의 대부분 시간을 차지하는 탈무드 공부만은 탁월하게 지혜 있는 인격자가 맡게 된다.

유대인 학교에서 탈무드를 가르칠 수 있다는 것은 그가 뛰어난 지혜자(wiseman)이며, 그 주위에서 볼 수 없는 위대한 인물이라고 판단되었다는 뜻이다. 탈무드 교사는 유대 문화가 배출할 수 있는 가장 뛰어나고 현명한 인격자다.

이러한 것을 탈무드적인 말로 표현해보면, 왼쪽 손으로는 학생을 냉정하게 몰아치고, 오른쪽 손으로는 학생을 따뜻하게 포용할 수 있는 재능의 소유자다. 따라서 배우는 학생들도 탈무드를 가르치는 선생에게는 아주 다른 반응을 보인다. 일반 과목을 맡고 있는 선생을 대하는 자세와 다르다.

탈무드를 공부하는 방법은 특이하다. 혼자보다는 두

사람씩 짝이 되어 공부한다. 이를 테면 한 사람이 큰 소리로 읽고 다른 학생이 따라 읽는 방법 같은 것이다. 어쨌든 두 사람이 조를 이루고 3년 동안이나 한자리에서 탈무드를 공부한다. 탈무드를 가르치는 선생은 공부하는 요령 같은 것은 가르쳐주지 않기 때문에, 학생은 스스로 탈무드를 생각하고 터득해가며 읽고 배운다. 이렇게 혼자 여러 가지 탈무드의 문제들을 풀고 난 뒤 두 사람씩 짝이 되어 있는 교실로 나간다.

탈무드에 대한 공부는 다만 소리 내어 읽는 것으로 끝나는 것이 아니라, 그 속에 담긴 참다운 진리를 파악해내야 한다. 그러므로 한 시간의 수업을 위해 대략 4시간의 예습, 복습을 하지 않으면 안 된다. 하지만 졸업을 앞둔 고학년이 되면 한 시간의 수업에 무려 20여 시간의 준비학습이 필요하게 된다.

탈무드의 내용을 공부할 때 선생이 하나하나 일일이 가르치는 것이 아니라, 선생은 다만 대강의 줄거리만 말해주고, 그에 따른 방향만 제시해주는 것으로 그친다. 낮은 학년의 학생들은 빙 둘러앉아 공부하는데, 그때 선생은 멀찍이 떨어진 자리에 앉아 혼자 잠자코 듣고만 있다. 물론 수업을 준비하다가 의문점이 생기면 선생에게 수시로 물어볼 수 있다.

탈무드를 배우는 반은 반드시 그리스어와 라틴어를 말할 수 있어야 한다. 그리고 그리스와 로마의 문화적인 생활에도 익숙해 있어야 한다.

랍비가 되기 위하여 공부하는 학생이 독신일 때는 기숙사에서 생활할 수 있다. 대개 약 100여 명의 학생들이 공동생활을 하는 기숙사는 마치 학생 사회와 같은 것이 형성된다. 하지만 수도원에서 볼 수 있는 엄격한 분위기는 아니다. 휴식할 수 있는 밤에는 운동을 즐길 수 있기 때문에 사회와 접촉이 없는 수도원과는 다를 수밖에 없다.

학교의 과정을 성공적으로 마친 사람은 2년 동안 학교를 위하여 봉사해야 한다. 그 길은 군대의 종군 랍비로 봉사하거나 랍비가 없는 마을에서 봉사하는 것이다. 나는 종군 랍비가 되어 2년간 공군에서 봉사했다. 이 2년간의 봉사 생활이 끝나면 두 길 중 한 가지 직업을 선택해야 한다. 나는 학교 선생과 사회에서의 랍비의 일 가운데 유대 사회에서 랍비로서 봉사하는 일을 택했다.

유대인이 살고 있는 각 교구는 모두 따로따로 독립되어 있기 때문에 가톨릭에서와 같이 랍비가 교단의 지시대로 각지에 전근되어 다니는 일은 없다. 여러 유대인 지역사회로부터 랍비 양성학교로 편지가 온다. 우리에게 랍비가 없는데 한 달에 얼마만큼의 보수에 맞는 랍비를 원한다고 신청하면, 학교 사무국에서 신청 조건에 따라 랍비를 그 지역에 보내 면접을 거치게 한다.

각 지역 사회는 자신들이 원하는 랍비를 선택할 수 있고, 이에 응하는 랍비도 자신이 원하는 곳을 선택할 권리가 있다. 그러므로 지역 사회는 많은 랍비 후보자 중에서 자신의 지역에 맞는 랍비를 고를 수 있고, 반대로 랍비도 이곳저곳을 다녀본 뒤 자신에게 맞는 지역을 선택하면 된다.

이런 과정을 거쳐 이야기가 잘되면 지역 사회의 회당을 주재하게 되는데, 보통 봉사 기간은 2년으로 되어 있다. 이때 물론 보수나 그 밖의 생활에 필요한 조건은 쌍방의 합의에 의하여 맺어진다. 유대인 사회에서 회당과 교

구는 수시로 생겨난다. 어느 지역에 유대인의 수가 어느 정도에 이르면 여기에 회당을 갖자는 의견이 나오기 시작한다. 따라서 유대인이 많이 모여 사는 도시에는 여러 곳의 회당이 생겨난다. 이것은 회당이 없는 곳에는 유대인이 살 수가 없다는 것을 뜻한다. 유대인들에게는 매일 마침 일어나 세수하고 아침식사를 하는 것과 같이 또한 회당이 없으면 안 된다. 자식들의 교육을 위해서도 학교인 회당이 있어야 하는 것이다.

일반적으로 보면, 유대인이 20여 가구만 되면 한 개의 회당을 만들어 이를 맡을 랍비를 모시게 된다. 물론 한 지역 사회에 여러 명의 랍비가 있어도 좋지만, 그것은 어디까지나 그 지역에 얼마나 많은 유대인이 살고 있는가에 따라 정해지는 것이다. 이러한 지역 사회에 필요한 재원은 지역 내에 거주하는 유대인 가족을 단위로 하여 각각 분담하게 되며, 여유가 있는 사람은 1년에 한 번씩 기부금을 희사할 수 있다.

오늘날 랍비가 맡고 있는 역할은 유대인 학교의 선생으로서의 책임과 회당의 관리와 설교를 담당하는 것이다.

랍비는 4천 년 유대의 전통을 유대인들을 대신하여 연구하고, 요람에서 무덤까지 유대인 사회의 크고 작은 문제들을 해결해주는 능력자다.

그래서 아이가 태어나면 랍비를 초빙하고, 결혼하거나 죽었을 때도 랍비를 모셔다 조언을 듣게 된다. 유대인 사회에서 랍비는 슬플 때나 기쁠 때나 모든 일에 참여하고 개입하는 학자로서, 선생으로서, 존경받는 인물로서 확고히 자리 잡고 있다.

기록에 의하면, 15세기까지의 랍비는 무보수의 봉사자였다. 그래서 대부분의 랍비는 다른 직업을 가져야 했다. 그러나 15세기 이후부터는 지역 사회가 이들의 생활을 책임지게 되었다. 1세기경부터 쓰이기 시작한 '랍비'라는 용어는 히브리어에서 '교사'라는 뜻을 가지고 있다. 영어로는 '레바이'라고 말한다.

유대교에서는 시간을 매우 중요하게 여긴다. 반면, 어떠한 장소나 지역은 별로 중요시되지 않는다. 따라서 기독교에서 볼 수 있는 성역(聖域)이란 말은 쓰이지 않지만, 랍비를 '성인'이라고 부르며 존경하고 있다.

유대인의 평생 공부

유대인은 해가 뜨는 시간에 맞추어 일어나면, 먼저 씻는다. 그리고 식사 전에 30~40분 가량 기도문을 암송한다. 이때는 팔과 머리 위에 성스런 상자를 매달고 몸에는 기도복을 감는다.

편역자 주 유대인은 기도를 할 때 기도문을 암송하거나 읽는다. 때문에 대부분의 기도 시간에 눈을 뜨고 있다(천주교도 비슷함). 이때 팔과 머리 위에 매는 성스런 경문은 하나님의 말씀을 자녀들에게 가르쳐 전수하라는 '쉐마' 말씀(신 6:4-9)이다.*

집에서 기도를 해도 되지만 대부분의 유대인은 근처에

---

* 자세한 것은 편역자의 저서 《잃어버린 지상명령 쉐마》(전 2권) 제1권 제2장 '유대 민족이 받은 지상명령: 쉐마의 내용' 참조.

있는 회당에 가서 기도한다. 기도문은 집에서나 회당에서나 어디에서나 동일한 내용이다. 회당에 가면 많이 모여 함께 기도할 수 있다는 좋은 점이 있다. 게다가 집에서 혼자서 기도할 때는 대개 자기중심의 이기적인 기도가 되기 쉽지만 모두 모여 함께 기도하면 이런 폐단을 막을 수도 있다. 유대인의 공동체 의식이 강해진다.

이렇게 아침 기도가 끝나면 아침 식사를 든다. 그때도 역시 손을 씻은 뒤 간단히 식사를 위한 기도를 드린다. 그리고 식사를 시작한다. 만약 가족이나 친구들과 함께 식사를 하게 되면 반드시 탈무드에 관한 얘기를 화제로 삼는다.

그리고 식사를 마친 뒤에도 간단한 기도를 하는데, 역시 가족이나 친구들과 함께하는 자리일 때는 같이 입을 맞추어 낮은 소리로 기도한다. 이 일이 끝난 뒤에 각자 자신의 일터로 향한다.

오후가 되면 정오에서 해가 지는 시간의 중간에 약 5분여 정도의 간략한 기도 시간을 갖는다. 그리고 밤이 되어 집에 돌아온 뒤에는 근처의 학교(유대인의 종교학교)에 가서

유대인의 하루의 시작은 기도로 시작한다. 사진은 한 유대인 소년이 기도서를 읽으며 새벽기도를 드리는 모습.

주로 탈무드를 공부한다. 왜냐하면 유대인은 하루 일과 중 어떻게 틈을 내든 반드시 탈무드에 대한 공부를 하지 않으면 안 되기 때문이다.

유대인의 장례

유대인은 죽은 사람에게는 반드시 경의를 표해야 한다. 그리고 죽은 사람은 항상 지켜지지 않으면 안 된다고 믿고 있다. 사람이 죽으면 먼저 죽은 이의 몸을 깨끗이 한다. 그 일은 그 지역 사회에서 가장 학문이 뛰어나고 많은 사람들로부터 존경받고 있는 사람이 맡아 한다. 이러한 일은 유대인 사회에서는 매우 영예로운 일로 생각된다.

그리고 사람이 죽으면 가능한 한 빠른 시간 안에 매장해야 한다. 유대인은 화장(火葬)을 하지 않고 매장을 하는 것이 관례다. 원칙적으로는 죽은 다음 날에 매장하는 게 관례다. **편역자 주** 유대인은 죽은 시체를 부정한 것으로 간주하기 때문에

빨리 매장한다.

죽은 사람을 알고 있는 사람이라면 장례식에 반드시 참석해야 한다. 참석한 사람 중에서 랍비가 추도사를 읽고 상주가 기도문을 읽는다. 이들은 같은 회당에서 같은 내용의 기도를 1년 동안 매일 세 번 기도 시간마다 반복한다. **편역자 주** 여기에서 '이들'은 직계 가족 중에서 남자들(남편, 형제, 아들, 아버지)을 말한다. 그리고 1년이 지난 뒤에는 매년마다 기일이 되면 똑같은 기도문을 번복하여 암송한다.

일단 매장이 끝나면 가족은 집으로 돌아온다. 그런 뒤 일주일간 다음과 같은 일을 반복한다. 한 개의 촛불을 켜 놓고 10명의 친지가 마루에 모여 앉아 기도문을 암송한다. 이때는 집 안에 있는 거울을 무엇으로든 모두 덮어야 한다.

그리고 상주는 일주일 동안 집 밖의 출입을 삼간다. 회당에 가는 일도 일주일이 지나야 갈 수 있다. 상주가 집에 있는 일주일 동안에 그 가족을 알고 있는 사람들은 조문을 하게 된다. 일주일의 의식이 끝나면 상주 가족은 집 밖에 나와 자기 집 둘레를 한 바퀴 돌게 된다.

상주는 한 달 동안 얼굴을 씻어서는 안 된다. 그리고 1년 동안 화려하고 즐거움이 넘치는 장소에 나가서는 안 된다. 그 후 해마다 죽은 사람의 기일이 되면 반드시 상복을 입어야 한다.

가족들이 장례식을 마치고 돌아오면 달걀을 먹는다. 유대인들은 사람은 누구나 가족이 죽으면 슬퍼한다고 여긴다. 하지만 일주일간 추모하고 집 밖으로 나가는 것은 그 이상 슬픔에 잠겨 있어서는 안 된다는 생각에서다. 이것은 사람이 슬픔을 너무 깊이 오래 간직하고 있는 것은 건강에 유익하지 못하다고 여기기 때문이다. 일주일 뒤 집 밖에 나가 집 둘레를 한 바퀴 도는 것은 이 때문이다.

달걀을 먹거나 집의 둘레를 원을 그리며 한 바퀴 도는 이유는, 둥근 원이 끝도 시작도 없는 것과 같이 인간의 생명도 끝이 있어서는 안 되며, 언제나 돌고 있어야 한다고 믿기 때문이다.

가장 깊이 슬픔에 잠기는 것은 일주일 동안이다. 그 뒤에 한 달 동안의 추모 기간이 있지만, 이 기간의 슬픔은 일주일간의 슬픔과는 같지 않다. 뒤의 1년 동안도 역시 슬픔

이 덜한 기간이다. 죽은 뒤 1년 후부터는 기일(忌日)을 빼고는 상복을 입지 않는다. 1년 동안 상복을 입어 추모하는 대상은 부모의 경우일 뿐이고, 다른 사람의 경우에는 일주일이나 한 달 동안이면 추모의 기간이 끝난다. **편역자 주** 유대인이 입는 상복은 겉옷을 찢은 옷이다. 자유주의 유대인들은 옷의 일부분에 표식을 하고 다니는 경우도 있다. 한국의 상복처럼 복잡하지 않다. 한국 조선시대의 상가(喪家)의 법도는 지켜내기가 아마도 세계에서 가장 까다롭고 힘들 것이다. 그래서 생업에 막대한 지장을 초래하는 경우가 많다.

내 아버지가 돌아가셨을 때 나는 슬픔에 싸여 식사마저 할 수 없었다. 하지만 달걀은 먹지 않으면 안 되었다. 그것은 의무적인 일이었기 때문에 억지로 먹었다. 유대인은 일주일 후에는 슬픔에서 벗어나 생업에 열중한다. 그 이유는 죽은 사람이 현재 살아 있는 사람을 지배하고 있어서는 안 되며, 죽지 않고 살아남은 사람은 앞으로도 계속 살아가야만 한다고 가르치고 있기 때문이다. 유대인에게는 자살이 큰 죄악이다.

유대인들의 장례식은 부자와 가난한 사람에 구별이 없

고, 학자와 무식한 사람을 구별하지 않는다. 똑같은 관과 옷을 입혀 행한다. 인간들의 빈부귀천에 따라 장례식이 달라지는 경우는 없다. 이것은 유대인들이 인간 평등을 존중하고 있기 때문이다. 회당에서 같은 모습, 같은 모자를 쓰고 함께 모여 앉아 기도하는 것도 이러한 이유에서다.